阿来 著

环山的雪光

人民文学出版社

图书在版编目(CIP)数据

环山的雪光/阿来著.—北京：人民文学出版社，
2020(2024.6重印)
（中国中篇经典）
ISBN 978-7-02-014384-9

Ⅰ.①环… Ⅱ.①阿… Ⅲ.①中篇小说-小说集-中
国-当代 Ⅳ.①I247.5

中国版本图书馆CIP数据核字(2018)第127716号

责任编辑　卜艳冰　杜玉花
装帧设计　汪佳诗
封面绘画　高　风

出版发行　人民文学出版社
社　　址　北京市朝内大街166号
邮政编码　100705

印　　制　山东新华印务有限公司
经　　销　全国新华书店等

字　　数　100千字
开　　本　890毫米×1240毫米　1/32
印　　张　6.5
版　　次　2020年4月北京第1版
印　　次　2024年6月第2次印刷

书　　号　978-7-02-014384-9
定　　价　55.00元

如有印装质量问题,请与本社图书销售中心调换。电话:010-65233595

目录

遥远的温泉

我们寨子附近没有温泉，只有热泉。

热泉的热，春夏时节看不出来。只有到了冬天，在寨子北面那条十多公里纵深的山沟里，当你踏雪走到了足够近的距离，才会看见在常绿的冷杉和杜鹃与落叶的野樱桃和桦树混生林间升起一片氤氲的雾气。雾气离开泉眼不久，便被迅速冻结，失去了继续升腾的力量，变成枯黄草木上细细的冰晶。那便是不冻的热泉在散发着热力。试试水温，冰冷的手会感到一点点的温暖。在手指间微微有些黏滑。冰不能饮用，因为太重的盐分与浓重的硫磺味。盐、硫磺，或者还有其他一些来自地心深处的矿物质，在泉眼四周的泥沼上沉淀出大片铁锈般红黄相间的沉积物。

冬天，除了猎人偶尔在那里歇脚，不会有人专门去看那眼叫卓尼的热泉。

夏天，牛群上了高山草场。小学校放了暑假，我们这些孩子便上山整天跟在牛群后面，怕它们走失在草场周围茂盛的丛林里。嗜盐的牛特别喜欢喝卓尼泉中含盐的水，啃饱了青草便奔向那些热泉。大人不反对牛多少喝一点这种盐水。但大人又告诫说，如果喝得太多，牛就会腹胀如鼓，吃不下其他东西，饥饿而死。所以，整个夏天，我们随时要奔到热泉边把那些对盐泉水缺乏自控能力的牛从泉眼边赶开。如今，我的声带已经发不出当年那种带着威胁性的长声吆喝了，就像再也唱不出牧歌中那些悠长的颤音一样。当年，沉默的我经常独自歌唱，当唱到牧歌那长长的颤动的尾音时，我的声带在喉咙深处像蜂鸟翅膀一样颤动着，声音越过高山草场上那些小叶杜鹃与伏地柏构成的点点灌丛，目光也随着这声音无限延展，越过宽阔的牧场，高耸的山崖，最后终止在被晶莹夺目的雪峰阻断的地方。

是的，那是我在渴望远方。

远方没有具体的目标，而只是两个大致的方向。梭磨河在群山之间闪闪发光奔流而去，渐渐浩大，那是东南的远方。西北方向，那些参差雪峰的背后，是宽广的松潘草原。

夏天，树荫自上而下地笼罩，苔藓从屁股下的岩石一直蔓生到杉树粗大的躯干上，布谷鸟在什么地方悠长鸣叫。情形就是这样，我独坐在那里，把双脚浸进水里，这时的热泉水反而带着一丝丝的凉意。泉水涌出时，一串串气泡迸散，使一切显得异样的硫磺味便弥漫在四周。有时，温顺的鹿和气势逼人的野牛也会来饮用盐泉。鹿很警惕，竖着耳朵一惊一诧。横蛮的野牛却目中无人，它们喝饱了水，便躺卧在锈红色的泥沼中打滚，给全身涂上一层斑驳的泥浆。那些癞了皮的难看的病牛，几天过后，身上的泥浆脱落，便通体焕然一新，皮上长出柔顺的新毛，阳光落在上面，又如水般漾动的光芒了。

牧马人贡波斯甲说："泥浆能杀死牛马身上的小虫子。"

贡波斯甲还说："那泥浆有治病的功效。"

贡波斯甲独自牧着村里的一小群马。他的马也会来饮盐泉。通常，我们要在这个时候才能在盐泉边上碰见他。

他老说这句话，接着，孩子们就哄笑起来，问："那你为什么不来治治你的病？"

贡波斯甲脸上有一大块一大块的皮肤泛着惨白的颜色，随时都有一些碎屑像死去的桦树皮从活着的躯干上飘落一样，从他脸上飘落下来。大人们告诫说，与他一起时，要永远处在上风的方位，不然，那些碎屑落到身上，你的脸也会变成那个样子。一个人的脸变成那种样子是十分可怕的。那样的话，你就必须永远一个人住在山上的牧场，不能回到寨子里，回到人群中来，也没有女人相伴。

而我恰恰认为，这是最好的两件事情：没有女人和一个人住在山上。

住进寨子的工作组把人分成了不同的等级，让他们加深对彼此的仇恨。女人和男人住在一起，生出一个又一个的孩子，这些孩子便会来过这半饥半饱的日子。我就是那样出生、长大的孩子中的一个。

所以，有一段时间，我特别想一个人和贡波斯甲一样，没有女人并一个人住在山上。

我的舅母患着很厉害的哮喘，六十多岁了，她的侄女格桑曲珍，我好些表姐中的一个，是寨子里歌声最美的姑娘，工作组说要推荐她到自治州文工团当歌唱演员，不知怎么她却当上了村里的民兵排长。她经常用她好听的嗓子对着舅母的房子喊话。她喊话之后，那座本已失去活力的房子就像死去了两次一样。喊话往往是人们集体劳动从地里归来的时候，淡淡的炊烟从一家家石头寨子里冒出来，这一天，舅母家的房顶便不会冒出加深山间暮色的温暖炊烟。舅母从石头房子里走出来，脸也像一块僵死的石头。她从自家的柴垛上抽出一些木柴，背到寨子中央的小广场上，这时，天空由蓝变灰，一颗颗星星渐渐闪亮，夜色降临远离村寨的深山，舅母用背去的木柴生起一大堆火。人们聚集在寨子中央的小广场上，熊熊火光给众人的脸涂抹上那个时代崇尚的绯红颜色。舅母退到火光暗淡的一隅。火把最靠近火堆的人的影子放大了投射出去，遮蔽了别人应得的光线与温暖。我们族人中一些曾经很谦和很隐忍的人，突然嗓音洪亮，把舅母聚集家庭财富时的悭吝放大成不可饶恕的罪恶，把她偶尔的施舍看成蓄意的阴谋。

最近的阴谋之一是给过独自住在山上的花脸贡波斯甲一小袋盐，和一点熬过又晒干的茶叶。

这个传递任务是由我和贤巴完成的。后来，贡波斯甲的表弟的儿子贤巴又将这个消息泄露给了工作组。总把一件军大衣披在身上的工作组长重重一掌拍在中农儿子贤巴的瘦肩膀上说："你将来能当上解放军！"被那一掌拍坐在地上的贤巴赶紧站起来，激动得满脸通红不知所措。结果，当天晚上，寨子里又响起来了表姐的好嗓门，舅母又在广场上生起一堆火，大家又聚集起来。又是那些被火光放大了身影的人，奇怪地提高了他们的声音。那些年头，大家都不是吃得很饱，却又声音洪亮，这让人很费猜量。

我看着天空猜想，云飘过来，遮住了月亮。天上有很大的风，镶着亮边的乌云疾速流动，嗖嗖作响。

第二天，贤巴的半边脸便高高肿胀起来，有人说是他父亲打的，有人说，是花脸贡波斯甲打的，甚至有人说，那一巴掌是我那一年就花白了头发的舅母打的。从此，我与贤巴就不再是朋友了。有人在我们之间种下仇恨了，这仇恨直到他穿上了军装回到寨子给男人们散发香烟，给女人们分发糖果时也没有消散。我是说，那时，他已经不恨我了，但我仍然恨他。

从此以后，我在放牛的时候才和贡波斯甲说话。他坐在泉水一边低一点的地方，让我坐在泉水另一边高一点的地方，他告诉我一些寨子里以前的事情。经他的嘴讲出来的故事，没有斗争会上揭发出来的那么罪恶。他好像也没有仇恨，连讲起自己得病后跟人私奔了的妻子时，他那花脸甚至浅浅地浮现出一些笑意。

但他一看到侄儿贤巴，脸上新掉了皮的部分便会显得特别鲜红，可他从来不说什么，只是不看他，而侧过脸去望那些终年积雪的山峰。

他也问我一些寨子里的事情。这时，牛们使劲甩动尾巴，抽打叮在身上的牛虻。我告诉他，我想像他一样，一个人住在山上。他脸上露出痛苦而怜惜的表情，伸手做出一个爱抚的动作，虽然他的手伸向虚空，但是隔着泉眼，我还是感到一种从头顶灌注到脚底的热量。

我不敢抬起头来，却听见他说："但是，你不想有跟我一样的花脸。"

我更不敢抬头应声了。

突然，他说："其实，只要让我去一次温泉，在那里洗一洗身子，洗一洗脸，回来时，就光光鲜鲜地不用一个人住在山上了。"

这是我第一次听人说起温泉。

他告诉我的温泉，就是比这更烫的泉水，有跟这水一样的味道，但里面没有盐。他说，温泉能治很多的病症，最厉害的一手就是把不光鲜的皮肤弄得光鲜。双泉眼的温泉能治好眼病与偏头痛，更大的泉眼疗效就更加广泛了，从风湿症到结核，甚至能使"不干净的女人干净"。

我不知道女人不干净的确切含意，但我开始神往温泉。于是，那眼叫做措娜的温泉成了我有关远方的第一个确切的目标。我想去看一眼真正的温泉，遥远的温泉，神妙的温泉。我不爱也不想说话，父母又希望我在人群中间能够随意说话，大声说话。我想，温泉也是能治好这种毛病的吧。

我问花脸："温泉在什么地方？"他指指西边那一列参差的雪峰，雪峰间错落出一个个垭口。公路从寨子边经过，在山腰上来来回回地盘旋，一辆解放牌卡车要嗡嗡地响上两三个钟头，才能穿过垭口。汽车从东边新建中的县城来，到西边宽广的草原上去。村里的孩子既没有去过东边，也没有去过西边。除了寨子里几个干部，大人们也什么地方都不去。以至于我们认为，人是不需要去什么太远的地方的。但是，贡波斯甲告诉我，过去，人们是常常四出漫游的。去拜圣山，去朝佛，去做生意，去寻找好马、快枪，去奔赴爱情或了结仇恨。还有，翻过雪山，骑上好马，带上美食，去洗那差不多包治百病的温泉。

"但是，如今人像庄稼一样给栽在地里了。"花脸贡波斯甲叹了一口气，无奈地说。

回到山下，我去看种在地里的庄稼。

豌豆正在开花，蜜蜂在花间嗡嗡歌唱。大片麦子正在抽穗，在阳光下散发着沉闷的芬芳。看来，地里的庄稼真是不想去什么远方，只是一个劲儿地成长。一阵轻风吹来，麦子发出絮絮的细语。我却不能像庄稼一样，站在一个地方，什么都不想。

有一天我受好奇心驱使，爬到了雪山垭口，往东张望，能看到几十里外，一条河流闪闪发光，公路顺着河谷忽高忽低地蜿蜒。影影绰绰地，我看到了县城，一个由一大群房子构成的像梦境一样模糊的巨大轮廓。转身向西，看到宽广的草原，草原上鼓涌着很多如姑娘胸脯一样浑圆的小丘。那就是很贴近的遥远。用一个少年的双脚去丈量这些目力所及的距离，不能用一个白昼的时间抵达的地点，就是我那时的遥远。而且，有一眼叫做措娜的温泉就在草原深处的某个地方。

我从雪山下来，贡波斯甲问我："看到了吗？"

我说看到了草原。比我们山脊上的草场更宽更大罢了，上面有闪闪发光的河流与湖泊罢了。

贡波斯甲这个自卑的人，第一次对我露出了不屑的表情："我是说你看到温泉了吗？"

我摇头。

贡波斯甲说："啧，啧啧，就在那座岩石铁红色的小山下面嘛。"

我没有看见那座小山。那一天，我觉得他脸上一直隐现出一种骄傲的神情。但我安坐在温泉边上，突然觉得自己永远也去不了那样的地方，永远也想象不出一座铁红色的山峰是个什么样子。三只野黄羊从热泉里饮了水走开了，我觉得自己就像这些什么都不知道的野羊一样。

贡波斯甲说："那个时候去温泉嘛，糟老头子是去医病，年轻娃娃是去看世界，去懂得女人。"

晚上，山风呼呼地吹过牧场的帐篷顶，我想，女人，好嗓门的表姐那样的女人，还是舅母那样苦命的女人。我睡不着，披着当被子的羊毛毯子走出帐房，坐在满天的星星下，坐在雪山的剪影前。看见远远的山谷那边，一团灯火，那就是贡波斯甲孤独的家。打从他花了脸，走了女人，他就成了寨子里的牧马人。其实，那个时候马已经没有什么用处了。老人们说，打从一个又一个工作组来了又走，走了又来，人就像上了脚绊的马给永远限制在一个地方了。他们只能常常在老歌里畅游四方。歌里唱的那些人，有的畅游之后回来了，有的就永远消失在遥远的地方。从我懂事起，人们就老说着从来不见人去的温泉。温泉就在雪山那边的草原上，那是过去的概念。现在的说法是，雪山这边是一个县的某某公社某某大队某某生产队。草原上的温泉又是另一个县的某某公社某某大队某某生产队。牧场也划出了边界。我们的牛群永远不能去到垭口那边的草原。而在过去的夏天，人们可能赶着牛群，越过垭口，一天挪移一次帐房，十多天时间便到了温泉的边上。温泉就是上百里大地上人群的一个汇集，一个庞大的集市，一次盛大的舞会，和满池子裸浴的男女。

一个特别醉心于过去男人们浪游故事的年轻人酒醉后说了一句话。结果，只好自己在寨子里的小广场上生起熊熊大火，然后，垂着头退后，把脸藏在火光开始暗淡的地方。情形就是这样。生起火堆的人不该照到灼人的火光。

但他那句话还是成了一句名言，他说："他妈的生产队就像个牛圈。"

没人知道这句名言算不算真理，但过去驮着男人们走向四方的马，现在却由花脸照看着，因为什么事都不用干，长得体肥膘满。偶尔使用一下，也是给套上马车，把工作组送回县城或接进寨子里来。再就是拉着马车，把有资格开各种会的人送到公社去开会。马车也载回来一个小学教师，从此，我们识了字。马车也从公社供销社拉回来棉布、盐、茶叶、搪瓷盆子、碗和姑娘们喜欢的方格头巾与肥皂。有了这一切，还有什么必要在马背上忍受长路的艰辛呢。

我们的老师说："安居乐业是社会进步的标志。"

道理堂堂正正，远方的欲望却是鬼鬼祟祟的。

又一个工作组走了。会跳朝鲜舞的工作组长没有把表姐送进文工团，而且因为睡了我的表姐，犯下了错误。错误的内容有两个：一个叫"生活作风不好"；

一个叫"影响民族团结"。表姐的错误只有一个："腐蚀革命干部"。民兵排长是当不成了，再见到她时，舅母便敢于往两人之间的地上唾上一口。表姐的父亲看见了，生气地说："不就是跟个男人睡了觉吗？你年轻的时候也跟好些男人睡过。"人们都说世道变了。

当然，大家觉得这世道变得也太快了一点。这些都是我坐在牧场的帐房外面，背后的天空缀满了冰凉的星星那个夜晚所想到的事情。

我看着花脸住处孤独的灯光，觉得我心里有个地方也像那有比没有还要糟糕的灯火一样。表姐就睡在帐篷里，重新成为牧场上的挤奶女。一般而言，每一群牛后面，会跟着一顶帐房。因为寨子与青稞地在山下的河谷里，而牧场在山上，在漫山的森林开始消失的地方。一顶帐房里有一个男人，背着猎枪，白天巡行牧场，驱逐豺狼。晚上则和几个挤奶女住在一顶帐篷里，这样，其中一个很容易成为他的情人。我这样的孩子，只是在很短暂的假期来看守盐泉。差不多每天夜晚，我都会听到他们弄出些奇怪的响动。今天晚上也是一样。风很劲，夜很冷。我坐在外面的星空下，却突然想起了温泉、集市、舞会、赤身裸体的男女。我笑了。而风更劲了，夜更冷了。我披着毯子回到帐篷。这回却发现是表姐的羊毛毯子下发出奇怪的声音。

别人只是低声地哼哼，而她真是好嗓门，好像是在欢快地歌唱。后来，那个好枪法的男人回到了自己的毯子底下叹息不止。另两个挤奶女发出斑鸠咕咕低鸣那种笑声。这个人我要叫他堂哥，但我不知道为什么要这么叫他。另两个女人中，一个我要叫她婶子，一个也要叫表姐，我也不知道为什么要这么叫她们。但寨子里所有人好像都是亲戚。即或彼此在旧怨中又添上了那么多强烈的新恨，也要彼此以亲戚的名目相称。但我知道，眼下这个被男人压迫着欢叫过后，又开始低声啜泣的女人是我真正的表姐，就像舅母是我真正的舅母一样。

表姐啜泣得有些抑止不住时，那个我要叫他堂哥的男人打起了响亮的呼噜。而那两个女人依然咕咕地笑个不止。我突然为之心痛，走过去，手脚无措地站在表姐身边。她突然一把把我拉进了她的毯子。只是一瞬间，一个女人身体的全部秘密都被我感觉到了。这时，表姐开始放声大哭。她一边哭，一面亲吻我，说："弟弟，弟弟。"结果把鼻涕眼泪蹭了我一脸。这时，那男人醒来了，走过来把我从表姐怀中拉了出来。我想不到表姐在快乐放纵后如此悲伤的更深的原因，只能把一切都归结于这个男人，归结于这个我不知道为什么要叫他堂哥的男人身上。他更不该有些炫耀地拿出了村里只有两三个人才有的手电筒，先把强烈的光柱照在表姐身上，然后，又照在了我的脸上，我的双眼给晃得什么都看不见了。于是，平时心里所有的积郁都变成了愤怒，从心中冲上头顶。愤怒与仇恨在我脑袋中嗡嗡作响。这个嗡嗡作响的脑袋突然疯狂地顶了过去，撞在那个男人的肚子上，我听见了与牛蹄子踩进泥沼类似的声响。然后，男人哼了一声，猝不及防的身子向后仰去，倒向了身后的火塘。一声巨响，架在铁三脚架上的铜锅里的开水，浇到了余火里，浇到了那个男人身上的某个地方，连我的脚背上也溅上了一点。两个咕咕笑的女人惊叫起来："他疯了！他疯了吗？"表姐哈哈大笑，而那个男人却一边恶毒咒骂一边忍不住发出痛苦软弱的呻吟："杂种！哎哟，我的屁股，我要杀……该死，我站不起来了，哎哟！"

听着这些声音，特别是表姐的笑声，我脑袋里那些止不住的嗡嗡声停息了，我也想放声大笑。有人点燃了马灯。看臭男人的光屁股一半坐在翻倒在地的锅沿上，一半坐在火塘里烫人的灰烬里，一脸痛苦的表情，我便把胸膛中涌动的笑声释放出来了。

想不到，刚才还在大笑的表姐，跳到我面前，嚷道："你这狗东西，闭嘴吧，还笑得出来！"她一脸愤怒确乎是冲着我来的，而且，衣襟下面没有掩住的一对乳房也蹦跳着，像被铁链拴住却想蹿出去咬人的狗。

我冲出了帐房，毫无目标地奔跑在夜半时分的高山牧场上。草抽打着，纠缠着我的双脚，冰凉甜蜜的露水飞溅到脸上，手上。有生以来，我第一次感到了自由的舒畅与快乐。这不是逃跑，而是第一次冲出了世界上那些声音的包围：斗争会上那些突然爆发出来的仇恨的声音，家里人因为贫贱而互相怨怼的声音，表姐那突然叫我懂得了，又让我突然不懂的哭笑与斥骂。

我继续奔跑，把身后表姐惊慌地呼喊我的声音远远地抛到身后，再也听不见了。跑过一个山坳，身后帐篷里的灯光不见了，我才放慢了脚步。夜露一颗颗沉沉地砸在我的脚背上。我穿过山谷来到了花脸那小窝棚跟前。窝棚里灯火已经灭了，我听到如雷的鼾声，从屋后的马圈里传来马匹浓重的腥膻气息。我在花脸门前一根大木头上坐下来，看着明亮的启明星越升越高，只裹着一条羊毛毯子的光身子越来越冰凉，被开水烫伤的脚背也隐隐作痛。但我不好意思敲门，我觉得自己是一个男人了，一个男人便应该忍受着痛苦一声不吭。

是忍不住的咳嗽声把贡波斯甲给惊醒了。

我听到他摸索着点亮马灯，"咿呀"一声打开柳条编成的柴门。于是，温暖的灯光笼罩在我身上，也让我看见了他关切的脸。他看着哆嗦不止的我，真的只是关切，而没有吃惊。他望望我所来的那个有着男欢女爱的帐篷的方向，一脸什么都懂的表情，从门那里闪开身子，把我让进了屋里。他一句话也没有说，便把我裹在一条更厚更大的羊毛毯子里，又往我口里灌进几口烧酒，然后，我便睡着了。醒来的时候，已经是满屋子金黄的阳光。火塘边一把擦得锃亮的铜壶中茶水翻沸有声，柳条编成的篱墙边一具马鞍上棕色的皮革发出铜器一样的光芒。这种景象对我而言，那种静谧中的诗意就像天堂。既然是天堂，我就要躺在那里一动不动，没有地老，也没有天荒。天堂里充满了干燥的木头特别的芬芳。这时，随着木门轻轻的"咿呀"一声，一片更强烈的阳光照进了这小小的屋子，晃得我睁不开眼睛。接着，对这又窄又低的木门来说，一个相当高大的身影遮挡住了光芒。我想，他就是天堂的主人，但我看不清他背着强光的脸。于是，我索性闭上眼睛。现在，我知道他就是花脸，也记起了昨天晚上那些事情。但我不愿睁开眼睛，仍然希望他就是天堂的主人。他走到我跟前来，嘴里哼哼了一句什么，又走开去，坐在了火塘对面，我悄悄睁开眼睛，看他给自己倒上满满一碗茶。他端起碗，在把脸埋进碗里前，他说："醒了就起来吧。"

我只好起来。叠好羊毛毯子，出去在山泉边上洗了一把脸，回来坐在火塘边上与他面对着面。他让我自己弄些吃的。我这才感到了自己的胃已经是一只空空的口袋了。同时，脑子也隐隐作痛。他指指我背后的一只矮柜。那里头的碗啊盘的，都是给客人备下的，今天我来第一次使用了。我弄干净了碗筷，开始吃东西的时候，他又拿过那具已经擦得锃亮的马鞍，用一大块紫红色绒布擦拭起来。擦过鞍桥上的皮子，又擦悬垂在两边的马镫，最后是银光闪闪的铁嚼口。他的眼睛里也有明亮的光芒在闪烁。他如此专注于手上的活路，好像我根本不存在一样。我咳了两声，他也没有理会我。这与在热泉边上时的情形恰好相反。在那里，这个鬼影子似的存在着的人物，总是带着一点讨好的笑容，打听一点山下的事情。

现在，这个人因了这座小木房子，因了这副漂亮的马具，显得真实起来。我又咳了两声。他才停住了手，从马具上抬起眼睛。他的眼睛在问我："漂亮吗？"

我轻声说："漂亮。"好像要是我说得大声一点，这些漂亮就不存在了。

他拍拍马鞍："是的，漂亮，以前，我跟这个好伙计去过多少地方啊！要是再不走，我，和那些马都要老死在这片山谷里了。然后，这副鞍子会跟这房子一起腐烂。趁我和马都还走得动，我真的要走了。"

"你要走？"

他点点头，轻轻地放下马鞍，就像一位母亲放下自己熟睡的孩子，来到门口，和我一起望着远方。

我说："你想去温泉？"

他说："你不想，是因为你不知道温泉的好。"

"温泉真能治好你的病？"

"病？我去温泉的时候没有病。那时我是一个精精神神的小伙子，天哪，我在那里看见了多少漂亮的女人。那么多漂亮的女人出现在草原上，就像温泉四周一夜之间便开满了鲜花。当然，我现在是要去治这该死的病。温泉水一洗，从里到外，人就干干净净了。"

走出那间属于他的屋子，我在心理上就有了一点优势，听着他这些梦一样的话，差点没有笑出声来。据我有限的知识，人体的里面是很肮脏的，不管是吐出来的还是拉出来的，都散发着难闻的臭味。

于是，我便拿这话难他。

他伸出手来，想拍拍我的脑袋，大概是我眼中流露出了某种光芒，伸到半途的手，又像被风吹断的树枝一样掉下去了。他叹了一口气："孩子，难道你不懂得人体有两种里边。"

我不懂得两种里边是什么意思，但我懂得了他话中深深的怜惜之意。这种语气有种让人想流一点眼泪的感觉。于是，我站起身来，把目光投向更远的雪峰。然后，到就近的热泉边守候去了。

从另一个帐篷来的贤巴早已守候在那里了。看见我走近，他脸上露出了惊骇的表情，并且很敏捷地一跃便跳到盐泉的那一边去了。他像工作组长一样叉着腰站在上风头，脸上露出了居高临下的表情。他说："你跟花脸住在一起？"

我心里不平，但感觉自己已经低他一等。于是，嘴里便什么话也说不出来了。

他说："你表姐的裤带又不是第一次叫男人解下来，你还跑去跟花脸住在一起。"然后，他的嘴里就像面前不断咕咕地翻涌着气泡的盐泉一样，成串成串地吐出了一些平常从大人们口中才能吐出的肮脏的字眼。这些话和他突出的门牙使我的脑子里又响起了昨天晚上那种成群牛虻盘旋的嗡嗡声。这声音越来越大，越来越尖利，最后的结果是，一块石头从我手边飞了出去。用工作组演讲的方式说着大串脏话的贤巴捂着额头，像电影里中了子弹的军人一样摇晃着，就是不肯倒下，最后，他终于站稳了。血从他捂着额头的指缝中慢慢流出来。这回，他倒是用正常的声音说话了："你疯了？"

我说："你才是疯子。"

他叫起来："笨蛋，快帮我止住血。"这下，我才真正清醒过来。奔到林间一块草地上，采了一种叫刀口药的止血草，一边跑，一边在口里将这药草嚼烂，奔到他身边时，他已经像电影里的英雄一样，仰面躺在一株高大的杉树下了。伤口不大，才嚼了两口药，就完全盖住了。我撕下一绺腰带，把伤口给缠上。腰带本身就是浸透了血一样的紫红色。这下，他就更像是一个英雄了。他脸上露出坚定的笑容："行啊，你小子，跟我来这一手。"这才像是平常我们之间说话的口吻。他就像电影里受伤的解放军一样躺在树下，我刚替他包扎好伤口，他便翻身站起来，用恶毒的眼光看定了我："离我远一些，你已经脏了，你跟花脸在一起，你再也回不到寨子里来了。"

我的嘴巴因为嚼了药草，舌头麻木得像一块石头，什么也说不出来了。眼睁睁看着他得意洋洋地下山去了。剩下我张大了嘴巴站在那里，好像是他打伤了我，而不是我打伤了他。贤巴朝山坡下奔去，我知道自己就此失去了一位朋友。我的朋友不多，所以，仅仅失去一位便足以令我愤怒不已。我捡起一块石头，狠狠地往山坡下那个飞窜的背影扔去。我的臂力还小，还是借助山的坡度，那石头在地上跳了好几跳，才软弱无力地滚到了他身边。他回过身来望了我一眼，我想，他的脸上一定浮出了讥讽的笑容，然后转身从容地走下山去。

这是二〇〇一年四月十三日，一个星期五的早晨，我在东京新大谷酒店的房间里，看着初升的太阳慢慢镀亮这座异国的城市，看着窗下庭院里正开向衰败的樱花。此时此刻，本该写一些描写异国景物与人事的文字，但越是在异国，我越是要想起自己的少年时代。于是，早上六点，我便起床打开了电脑。一切就好像是昨天下午刚刚发生的一样。高山牧场上杜鹃花四处开放，杜鹃鸟的鸣叫声悠长深远。风在草梢上滚动着，从山脊一直到谷底，波动的绿色上一片闪烁的银光，一直荡到脚前，盐泉里飘来的刺鼻的硫磺味灌满了鼻腔。

贤巴跑掉不一会儿，表姐来到盐泉边上，我以为她是来找我的。但她脸上露出了怨恨的表情，眼睛望着别处说："我自己来守着那些瘟牛，不要添乱的人来帮忙。"

我看她的样子非常可怜，想说点什么，但嘴巴麻木得什么都说不出来。只好像个傻子坐在那里一动不动。表姐肯定希望我说点什么。但那些药草把我的舌头给麻木了。终于，埋着头等待的表姐抬起头来，恶狠狠地瞪着我："你怎么不说话，嗯？你那么厉害，怎么现在不说话了。"然后，表姐的泪水顺着面颊一串串流了下来。"都是你们，都是你们这些该死的亲戚把我毁了，"说到这里，她几乎是在大喊大叫了，"老天爷，你看看吧，看看我这些该死的倒霉亲戚把我的前途全给毁掉了！"

表姐好像疯了。

我从盐泉边逃开，回到贡波斯甲的窝棚里的时候，他正坐在门前的木头台阶上用一块紫红的丝绒布擦拭鞍鞯。我看到他双眼里显出沉醉的光芒。他用那样的眼光看我一眼，立即，药草的魔法被解除了，我说："表姐说不要我回去了。"

"好啊，"他的眼睛再一次离开马鞍，落在我脸上，"好啊，那就跟我去温泉吧。"

"不是不准人随便到那么远的地方去吗？"

花脸没有回答，他把手指插进嘴里，打了一个响亮的嗯哨，几匹马从山坡上跑来，站在了我们面前。它们喷着响鼻，机警的耳朵不断耸动，风轻轻掀起长长的鬃毛。贡波斯甲这时才低声地说："我管不了那么多规矩，再不去温泉，我的病就治不好，这些马也要老了。"

他眼看着马，手抚着马鞍，一脸的伤感让我心口发热发紧。他声音更加伤感地又说了一遍："你看，再不去，这些马就要老了。"

我假装没有听见，便转脸去看那些熠熠闪光的雪山。突然，他的声音欢快起来："咳，小子，想骑马吗？"

那还用说，长这么大，虽然生产队有一大群马就养在那里，我还不知道骑在马背上是种什么滋味呢！贡波斯甲一边给马上鞍子，一边说："好，或许我去温泉的时候，你这聪明的崽子也想跟着去呢，我们没钱坐汽车，不骑马可不成，再说，以前去温泉都是骑马去，再去也不能坏了规矩。"

然后，他把我扶上马背，刚刚把缰绳递到我手上，便声音洪亮地吼了一声。马便应声飞蹿而出了。我的身子向后猛然一仰，然后又往前一弹，同时嘴里发出了一声惊叫。我本能地用双脚紧勾住马镫，双手牢牢地握住缰绳。然后便是马蹄飞踏在柔软草地上的声音和耳边呼呼的风声了。眼前那些熟悉的景物，草地、杜鹃花和伏地柏丛、溪流、草地边高大的落叶松、比房子还要巨大的冰川碛石，这一切，都因为飞快的速度迎面扑来，从身旁掠过，落在了身后。一切都因为从未体验过的速度而陌生起来，新鲜起来。只有远处的雪山依然矗立在那里，巍然不动。马继续奔跑，我的身子渐渐松弛，听着马呼哧呼哧的喘息声，我的呼吸终于也和我的坐骑协调一致。马要是再继续奔跑下去，我在马背上越发轻盈的身子便要腾空飞升起来了，升到比那些雪峰更高的天空中去了。骑手的后代第一次体会到了奔驰的快感。只要这奔驰永不停息，我便会从这禁锢得令人窒息的生活中解脱出来了。

但花脸又是一声尖利的嘬哨，我的坐骑在草地上转了一个弯，差点把我斜抛了出去。但我用双腿紧紧夹住了马鞍。那种即将腾空的感觉让我快乐地大叫。然后，我又把身子紧伏在马背上，像一个老练的骑手听着风声灌满双耳。最后，马猛地收腿站住时，我还是从马头前飞下来，重重地摔在了草地上。刚触地的那一刻，身体里面，从脑子到胸腔，都狠狠震荡了一下。我躺在那里，等震荡的感觉慢慢过去。花脸也不来管我，一边跟马咕唧着什么，一边卸他的宝贝鞍鞯。后来，一串脚步声响到我跟前，我还是躺在那里，眼望着天空。我心醉神迷地说："我要跟你一起翻过雪山。"

我闭上双眼，还是感觉到一个身影盖过来，遮蔽了阳光。我说："我要跟你一起骑马去温泉。"

然后，我听见了威严漠然的声音："起来，跟我回家。"然后，我看见了父亲那张居高临下的脸。我站起来时，父亲有些怜爱地拍掉我身上的草屑，但他和寨子里别的人一样，不跟花脸说话，他拉着我走出一段，花脸还木然站在那里，我也频频回头。父亲脸上又一次显出一丝丝隐忍着的怜悯，说："那么，跟人家告个别吧。"

　　于是，我父亲站在远处，看着我又走回到花脸身边。

　　我走到了花脸跟前，却不知说什么才好，最后，还是花脸开口了。他开口的时候，脸上浮现出了拒人于千里之外的高傲的表情："你永远也别想跟我去温泉，可是我，什么时候想去就去了。"

　　他这么一说，我想再说什么就让牙齿把舌头给压住了。我张了张嘴，声音快要冲出嘴巴时，又被咽回到肚子里，再次转身向父亲走去。花脸再一次在身后诅咒般地说："你永远也去不了温泉。"是的，我真的看不出什么时候能去传说中的温泉，雪山那边相距遥远的温泉。也许贤巴真的能当上解放军，也许表姐也可以再次时来运转，新一任工作组长会让她当上自治州文工团的歌唱演员，但是，当我随着父亲走下山去，看到山谷里就像正在死去一样的寨子出现在眼前时，彻底的绝望充满了心间。

也许是我眼中的什么神情打动了父亲，他有些笨拙地伸出手来抚摸我的脑袋，但我缩缩颈子躲开了他的手。他的手徒然垂下时，伴随着一声低低的叹息。

关于那一年，我还记得什么呢？只记得那一年很快就是冬天了。中间的夏天与秋天都从记忆里消失了。这种消失不是消失，而是一切都无可记忆。这种记忆的终止有好几年的时间。寨子里的生活好像一天比一天轰轰烈烈，但我的心却一天天沉入了死寂的深渊。从小学三年级到我离开村子上中学，只有三件事情，使一些时间能从记忆中复活过来。

一个是第二年的秋天，表姐结婚了。她是生下了孩子后才和寨子里一个年轻人结婚的。表姐亲手散发那些糖果。到我跟前，表姐亲吻了我的面颊，并在我耳边说："弟弟，我爱你。"

旁边耳尖的人们便哄笑起来。问她："像爱你怀里的孩子还是男人？"

表姐说："就像爱我的亲生弟弟。"

舅母也上来亲吻她，说："孩子，你心里的鬼祟消除了。"婚后不久，很久不唱歌的表姐又开始歌唱了。冬天太阳好的时候，妇女们聚集在广场中央，表姐拿出丰盈的乳房，奶她第二个孩子，奶完之后，大家要她歌唱，她便开口歌唱。以前的很多歌那时工作组都不准唱了。表姐唱的都是工作组教的毛主席语录歌，但给她一唱，汉语的词便含混不清，铿锵的调子舒缓悠长，大家也都当成民歌来听了。

写到这里，我站起身来站在窗前吸一支香烟，窗外不是整个东京，我所见到的便是新大谷酒店一座林木森然的园子。黄昏就像降临一片森林一样，降临到这座园子四周的树木之上。有了阵风吹过，我的心，便像一株暮春里的樱花树一样，摇落飞坠着无数的花瓣。

一天表姐歌唱的时候，生产队的马车从公社回来。跟着穿旧军衣的工作组，一个穿着簇新军装的人从马车上跳下来。那是当上了解放军的贤巴。工作组对表姐的预言没有应验，但是，他们对贤巴的预言应验了。那个被工作组领着，因为穿了一身簇新衣服而有些拘谨，同时也十分神气的贤巴现在是一名解放军战士了。工作组马上下达命令，和舅母一样处境的几位老人又在广场上生起了熊熊的篝火，只是今天他们不必再瑟缩着站在火光难以照见的角落听候训示了。给他们的命令是"不要乱说乱动，回去老老实实待在家里"。

然后，举行了欢庆大会。贤巴站在火堆前，胸前扎着一大朵纸做的红花。同样的一朵红花也挂在了贤巴家低矮的门楣上。然后，工作组长当众用他把标语写满了整个寨子的毛笔蘸饱了墨汁，举在手上，看着人把一张红纸贴上了贤巴家的木门，然后，刷刷几笔，"光荣军属"几个大字便重重地落在了纸上。

贤巴参军了。但寨子里的大多数人依然觉得他不是一个好孩子。说他喜欢躲在人群里，转身便把听到的任何一点点事情报告给工作组。所以，这天众人散去时，会场四周的残雪上多了许多口痰的印迹，好像那一天特别多的人感到嗓子眼发堵一样。但是，我们这些同龄人却十分羡慕他。他才比我大两岁，才十五岁就参军了。这意味着这个年轻人在这个新的时代有了最光明的前途，以后，他再也不用回到这个村子里来了，即便他不再当兵，也会穿着旧军装，腰里掖一把红绸裹着的手枪，去别的寨子当工作组。甚至当上最威风的工作组长。

很多老人都说我不是一个好孩子，因为我不跟人说话，特别是对长辈没有应有的礼貌。工作组的人也这么说我，他们希望寨子里写汉字最好的学生能跟他们更加亲近一些，但我不能。父亲悲戚地说："叫人一声叔叔就这么困难吗？"但我一站到他们面前，便感到嗓子发紧发干，没有一点办法。小学校一年一度选拔少先队员的工作又开始了。我把作业做得比平常更干净漂亮，我天天留下来和值日生扫地，我甚至从家里偷了一毛钱，交给了老师。但是老师好像一切都没有看见。我们都十三四岁了，小学也快毕业了，但我还是没有戴上红领巾。而每年一度的这个日子到来的时候，我的心里仍然充满了渴望。一天，老师终于注意到了我的渴望，他说："你能把作文写得最好，你就不能跟人好好说几句话吗？"他还教了我一大堆话，然后领着我去见工作组的人。路上，我几次想开溜，但是那种进步的渴望还是压倒了内心的怯懦。终于走进了工作组居住的那座石头寨子。工作组长正在看手下人下棋，把双手交叉抱在胸前，还不时耸动一下肩膀，以防披在身上的外衣滑落。他的手下人每走一步棋，他便从鼻子里哼一声："臭！"

老师不断用眼睛示意我，叫我开口，但我找不到一个合适的机会。因为工作组长几次斜斜眼睛看我和老师时，我都觉得他的眼光并没有落在我身上，而是穿过我的身体，落在了背后的什么东西上。人家用这样的眼光看你，只能说明你是一道并不存在的鬼影。

我感到舌头开始发麻，手和脚也开始一起发麻。我知道，必须在这之前开口，否则我就什么都说不出来了，红领巾便永远只能在别人的胸前飘扬了。终于，我粘到一起的嘴唇被气息冲开，嘴里发出了一点含糊的声音，连我自己都没有听清。

工作组长一下便转过身子来了，他说："哟，石菩萨也要开金口了！"

我的嘴里又发出了一点含糊的声音，老天爷如果怜悯我的话，就不应该让我的舌头继续发麻。可老天爷把我给忘记了。不然的话，舌头上的麻木感便不会扩展到整个嘴巴。

工作组长的目光越过了我，看着老师说："你看这个孩子，求人的时候都不会笑一下。"

老师叫我来，是表达进步的愿望，而不是求他。虽然我心里知道这就是求他，不然我的舌头也不会发麻。但他这么一说，我就更加委屈了。眼睛里有滚烫的泪水涌上来，但我不愿意在他面前流出泪水，便仰起脸来把头别向了另一边。这是我最后一点自尊了。

但别人还是要将她彻底粉碎，工作组长坐在椅子上，说："刚才你说的什么我没有听清，现在你说吧，看来，你说话我得仔细听着才行。"我的身后，传来了曾经的朋友，现在已经穿上军装的贤巴嘻嘻的笑声。而我的泪水马上就要溢出眼眶了。于是，我转身冲下了楼，老师也跟着下来了。冬天清冽的风迎面吹来，我"哇"的一声哭了起来。

老师叹了口气，把无可救药的我扔在雪地里，穿过广场，回小学校去了。

我突然拔腿往山上跑去。我再也不要生活在这个寨子里了。曾经的好朋友贤巴找到了逃离的办法，而我还没有找到。所以，便只能向包裹着这个寨子的大山跑去。穿过残雪斑驳的树林，我一路向山上狂奔。我还看见父亲远远地跟在身后。等他追上我时，我脸上的泪水已经干了。我坐在雪地上，告诉父亲我不要再上学了。我要像花脸贡波斯甲一样一个人住在山上。我要把挣到的每一分钱都给家里。

父亲什么也没说，但我看到他的脸在为儿子而痛苦地抽搐。

沉默许久后，他说："我们去看看贡波斯甲吧。"

是的，这是我最后一次看见花脸。最后一次看见的时候，我们已经看不清他的脸了。木门"吱呀"一声推开时，屋顶上有些积雪掉了下来。雪光反射到屋子里，照亮了他那副永远擦得亮光闪闪的马鞍。木头的鞍桥，鞍桥上的革垫，铜的马镫，铁的嚼口，都油光锃亮，一尘不染。花脸背冲着门，我叫了他一声，他没有搭理我。我走进屋子，再喊一声，他还是不答应。然后，我感到一股阴冷的气息从他身上散发出来。就像寒气从一大块冰上散发出来一样。

死。

我一下就想到了这个字眼。

父亲肯定也感到了这个字眼，他一下把我挡到身后。花脸侧身靠在那副鞍具上，身边歪倒着两只酒瓶。他的脸深深地俯埋在火塘里。火塘里的火早就熄了，灰烬里是细细而又刻骨的冰凉。父亲把他的身子扶正，刚一松手，他又扑向了火塘。父亲叹口气，低声说了句什么，然后跪下来，再次将他扶起来。让他背靠着他心爱的马鞍，可以驮他去遥远温泉的马鞍上。这下，我真的看到了死亡。这是我第一次如此逼近死亡的真实表相。贡波斯甲的脸整个被火烧成了一团焦炭。

这时，NHK电视新闻里正在播放新闻，说是在日本这个伽蓝众多的国度，有一座寺庙遭了祝融之灾。画面上是一尊木头佛像被烧得面目模糊的面部。那也正是花脸贡波斯甲被烧焦的面部的模样。

我最后看到的花脸贡波斯甲就那样带着被烧焦的模糊面容背倚着那副光可鉴人的鞍具，我和父亲慢慢退到门口，父亲伸出手，小木门又"咿呀"一声关上了。于是，那张脸便永远地从我们视线里消失了。

我们在木屋的台阶上站了片刻。屋子四周是深可过膝的积雪。父亲砍来两段带叶的松枝，于是，我们一人一枝，挥舞着清除屋顶上的积雪。木屋依山而建，站在房屋两旁的边坡上，很轻易地，我们就够到了那些压在房顶上的积雪。雪一堆堆滑到地上。现出了厚厚的杉树皮苫成的屋顶。

一根火柴就将这座木头房子点燃了。

火光升腾而起，干燥的木头熊熊燃烧，"噼啪"作响。火光灼痛了我的脸。火的热力使身边的积雪嗞嗞融化，但我还是感到背上发冷，感到一股透心的冰凉。然后，房顶在火光中塌陷了。塌陷后的房顶更紧地贴着花脸的肉身燃烧着，火苗在风中抽动着，欢快地嚯嚯有声。一股股青烟飘到天上。好了，现在花脸的灵魂挣脱了肉身的束缚升去了天上。我抬眼仰望，四围的雪峰晶莹剔透，寂静的蓝天无限深远。

山下的人们看到了火光，也上山来了。

寨子里当了民兵的年轻人，由工作组率领着首先赶到。穿军装的贤巴也跟大家一起冲上山来。面对慢慢小下去的火和不再存在的木头房子和房子里的那个人，他的表情坚定，他的悲伤表情里都有一些表演的成分。最后，全寨子的人差不多全部赶到了，看着火慢慢熄灭，一种带着歉疚之感的悲伤笼罩着人群，我看见贤巴脸上那点夸张的表情也完全消失了。

并且，在下山的路上，他和我并肩走在了一起。

我不想理会他，但他抽了抽鼻子，又抽了抽鼻子，说："你也应该争取当解放军。"

我说："为什么？"

他压低了声音说："你也跟我一样，想永远离开这个该死的寨子。"他站住了，双眼直盯着我，而我确实有种被他看穿了内心的感觉。问题是，这种该死的生活不是想要摆脱就可以摆脱。就像不是想上天堂就能上到天堂一样。花脸是永远摆脱了。贤巴也永远摆脱了。现在，送他上到天堂的崭新皮鞋那么用力，踩得积雪咕咕作响。而我肯定离不开这个该死的寨子。想到这里，我的眼里竟然不争气地涌起了泪光。

眼泪使贤巴表情复杂的面容模糊起来。

但是，我听见他有些骄傲，还有些厌恶的声音说："真的，你就像个长不大的孩子。"

然后，他便一路用新皮鞋踩着咕咕作响的积雪，赶到前面，加入到了喧闹的人群中间。把我一个人落在了后面。我再回看身后，花脸的葬身之处，放牧的那些马，从山上下来，喷着响鼻，围着那座曾经的木屋，而雪地上反射的阳光掩去了意犹未尽的淡淡青烟。只是那些马，立在那里，一动不动，好像梦境里的群雕一般。

那天晚上，我真做了一个梦。梦见花脸牵着马，马背上是那副漂亮的鞍鞯，他的身后，是一树开满白花的野樱桃。他对我说："我要走了。"

他挥挥手里的马鞭，樱桃树上雪白的花瓣便纷纷扬扬，如漫天飞雪。他拂开飞雪的帘子，再次走到我跟前："我真的要到温泉去了。"

梦里的我绝望得有些心痛，我说："你骗我，你去不了温泉，山那边没有温泉。"

他有些伤心，伤心的时候，他垂下了眼皮，这种垂眼的动作有点美丽女人悲哀时的味道。有点佛眼不愿或不忍看见下界痛苦的那种味道。

花脸死后不久，一队汽车开到了村口，因为失去了远方而基本没有了用处的马群被人赶下山来。一匹匹马给打上了结实的脚绊，赶上了汽车被木栅分成一个个小格子的货厢，每一匹马被关进一个小格子，再用结实的绳子绑起来，这些在雪山脚下自由游走的生灵立即便带着巨大的惊恐深深地萎靡了。汽车启动的时候，很多人都哭了。从此，我们的生活中就再也不会有马匹的踪影了。

有个工作组的同志劝乡亲们不要伤心。他说，这些马是卖给解放军去当军马，听着军号吃饭，听着口令出操，迎着枪炮声奔跑。但是工作组长说："狗屁，现在是社会主义建设时期了，这些马闲在这里没有用处，要知道还有好多地方是用人犁地呢！"于是，我们知道这些生灵是要去服犁地的劳役了。而在我们生活中，马只是与骑手融为一体的生灵，是去到远方的忠实伴侣。犁地一类的劳役是由气力更大的牛来担当的。

晓得了这些马的命运，更多的人哭了。然后，人们唱起了关于马的歌谣。我听见表姐的声音高高地超拔于所有声音的上面。我的眼睛也湿了。在老人讲述故事里讲到我们文明的起源时，总是这样开始，说："那个蒙昧时代，马与野马，已然分开。"那么，今天这个文明时代，马和骑手永远分开。

这些马匹换来了一辆有些凶恶的突突作响、大口大口喷吐着黑烟的手扶拖拉机。只是它不像书上说的那样用来耕地，而是成了运输工具，第一次运输任务，就是送走这一轮的工作组，再迎来另外一轮的工作组，工作组离开的时候，贤巴也跟着一起离开了。那天，全寨子的人都站在路口，看着突突远去的拖拉机冒着黑烟爬上山坡，然后便消失不见了。

时间在近乎停滞的生活中仍然在流逝，近乎窒息的生活中也暗藏着某些变化。几年后，我上了中学，回乡，又拿到了新的入学通知书的那一天，父亲对我说："如果寨子里永远都是这种情形，你就永远不要回来。"

说这话的时候，他正认真地为我的皮靴换一副皮底。父亲还让我上山，好好在盐泉里泡泡我的一双臭脚。他脸上的皱纹难得地舒展开来，露出了沟壑最深处从未见过阳光的地方，他说："去吧，好好泡一泡，不要让你的双脚带着藏蛮子的臭气满世界走动。"藏蛮子是外部世界的异族人对我们普遍的称呼。这是一种令我们气恼却又无可奈何的称呼。现在，父亲带着一点幽默感，自己也用上了这种称呼。

我去了山上，在盐泉边泡了泡自己的双脚。把双脚放在像针一样扎人的冷水里，再探入盐泉底部质地细腻的泥沼里，我的双脚有一种很舒服熨帖的感觉。但我不大相信这种方法就能永远地去掉脚上的臭气，如果这种臭气真是我和我的族人们与生俱来的话。想到这里，我便把双脚从泥沼里拔了出来，去看那座曾经的木屋。现在那里什么都没有了。当年的屋基上长出了一簇叶子肥厚的大黄。大黄是清热降火的药材。我对着这簇可以入药的植物站立了很久。又在不知不觉间走到它们中间，然后，一个东西猛一下，在被我看见前便意识到了。一颗人头。一个骷髅！在一小块空地上，那个骷髅白得刺眼。上下两排牙齿之间有一种惨烈的笑意，而曾是两眼所在的地方，两个深深的空洞又显得那么茫然。

我感到自己的牙根上有凉气在游走，我倒吸着这丝丝的凉气，有些惊恐的声音脱口而出："花脸？"没有回答。

当然没有回答。

然后我不由自主地跪下来，与这个骷髅面对着面。牙关里的凉意，此时像众多小蛇在背上游走。但我还是没有离开。而是与这个骷髅脸对着脸。这片山谷里，没有了马的踪迹，是多么地死寂无声啊！

我又对那骷髅叫了一声："花脸！"

一阵风吹来，周围的绿色都动荡起来，那骷髅好像也摇晃了一下。我以为是他听见了我的叫声，便说："我要走了。你的马也都走了。"骷髅没有回答。我就坐在那潮湿的泥地上，最初的惊恐消逝了，无影无踪了。我扯来几片大黄叶子，把骷髅包起来，我说："这里又湿又冷，还什么都看不见，来，我们去另找个地方。"

我找到了一棵冠盖庄严巨大的柏树，将那个头骨放在一个巨大的枝杈间。这样的地方，淋不到雨水却照得见阳光。这个位置也能让他像一个大人物一样坐北朝南。加上他眼眶巨大，如果愿意，他不错眼也能同时看到东方与西方。东方的太阳升起来，是一切的开始。西边的太阳落下去，是一切的结束。当然了，西边还有雪山，雪山后面有草原，草原上很遥远的地方，据说有令一切生命美丽的温泉。

没有想到，十年后，我的工作会是四处照相。

我不是记者，不是照相馆的，也不是摄影家，而是自治州群众艺术馆的馆员。身穿着摄影背心，在各种会议上照相，到农村去照相，到工厂去照相，也到风景美丽的地方去照相。目的只是为了把馆里负责的三个宣传橱窗装满。三个橱窗一个在自治州政府门口，一个在体育场门口，一个在电影院广场旁边。宣传部长总是说着文件上的话："变化，要表现出伟大时代的伟大变化。"

但是，这个变化很难表现。

比如每一次会议，坐在主席台上的那些人都希望橱窗里有自己的大幅照片，主席台上的人一个个排下来，三五年过去，仍然一无变化。农民种庄稼的方式也好像没有什么变化，十年前，农民的地里有了拖拉机，又是十年过去，拖拉机都有些破旧了。倒不及变化刚刚发生时的那种新鲜了。然后是给家家户户送来了现代光明的水电站，但是，不变的水电站又怎样体现更多的变化呢？我们所能做的，就是用不同的风景照片来调剂这些短时间内很难有所变化的画面。结果，有了不同的风景照片，这些图片展览好像就能符合表现伟大变化的要求了。

所以，风景是一个好东西。

对我那双镜头后面的眼睛来说，风景也真是好东西。我挎着政府配置的照相机，拿着菲薄的出差补贴四处走动拍摄风景照片。另一些挎着政府配置的照相机的家伙也四出游荡，拍摄风景照片。在这种游走过程中，不止是我一个人，开始把自己当成是一个摄影家，或者是一个未来的摄影家。于是我把持着的那三个橱窗，在这个小城里，作为重要的发表阵地就有些奇货可居了。很多照片从四面八方汇聚到我这里。于是，我又有了一个身份，一个编辑，一个颇有权威感的业余摄影评论家。三个橱窗的影响越来越大，越来越时髦。那些年，干部越来越年轻，越来越知识化，越来越追逐新潮。这些领导都把相机当成了小汽车之外的第二项配备，就像是今天的手机与便携式电脑。

我因此成了好多领导的朋友，一个好处是他们去什么地方时，可能在他们性能良好的越野吉普里把我捎上。大家一起在路上选景，一起在路上照相。一起把作品发布在我把持的橱窗里。这些个橱窗使我成了小城里一个很多人都知道的人物。我成了很多领导的艺术家朋友。

甚至有开放的姑娘找来，想让我拍一些暴露的照片，作为青春的纪念。她们抱着人体画册，脸红红地说："就是要拍这种照片。"她们说，年老了，看看年轻的身体，也是一份很好的纪念。

布置橱窗时，我已经习惯有很多人围观，在身后赞叹。当然，这些赞叹并不全都是冲着我来的，虽然我摆放那些照片的位置很具匠心，虽然我蘸着各种颜料，用不同样子的笔写出来的不同的字总是美不胜收。但更多人的听上去那么由衷的赞叹，只有一小半是为了照片，一多半是为了照片后面那些熟悉的名字。人们说："啊，某局长！"

"看！某主任！"

这一天，我贴了半橱窗的照片，听了太多的这种赞叹，心里突然对自己工作的意义产生了一丝怀疑，便让对面小店送一瓶冰啤酒过来，坐在槐树阴凉下休息。五月的中午，天气刚刚开始变得炎热。洁白而繁盛的槐花散发的香气过于浓烈，熏得人昏昏欲睡。

在很多人的围观下，我为一幅照片取好了标题《遥远的温泉》，并信笔写在纸上。是的，这是一幅温泉的照片。热气蒸腾的温泉里，有两三个女人肉感模糊的背影，不知是距离太远，还是焦距不准，一切看上去都是从很远的地方偷窥的样子。照片上的人影被拉得很近，但又显得模糊不清。这是我的橱窗里第一次展出这样的照片。前一天晚上，我与拍下这张照片的某位领导一起喝酒。听他向我描述他所见到的温泉里男女共浴的美妙图景。他也是一个藏族人。他说："他妈的，我们是退化了，池子里的人都叫我下去。结果我脱到内裤就不敢再脱了。"

"池子里的人们笑我了。他们笑我心里有鬼。想想，我心里真是有鬼。"这张照片的拍摄者有些醉了，"伙计，你猜我怕什么？"

我猜出了几分，但我说我不知道。

他说："温泉里那些姑娘真是健康漂亮，我怕自己有生理反应，所以要有一条内裤遮着，所以，最后只有跑到远处用长焦镜头偷拍了这些照片。"有些照片异常的清晰，但我们下了好大决心，才挑了这张画面模糊的，拿来作一次小心的试探。

我坐在树荫下喝着啤酒，写下了那个标题，但当我从牛皮纸信封里拿出这张照片时，那几团模糊的肉色光影一下便刺中了人们的眼球。人们一下便围了上来。虽然不远处的新华书店里就在公开出售人体摄影画册，录像带租赁店里半公开的出租香港或美国的三级片。尽管这样，模糊的几团肉光还是一下便吸引了这么多热切的眼球。正是这些眼球动摇了我把这张照片公开展出的信心。我不用为全城人民的道德感负责，但在展览上任何一点小小的不慎，都会让我失去那些让我在这里生活愉快的官员朋友。

于是，那张照片又回到了牛皮纸信封里。那几个标题字也被撕碎了。我又灌了自己一大口冰凉的啤酒。这时，一个穿着黑色西服，领带打得整整齐齐的官员自己打开一把折叠椅坐在了我的对面。

说他是一个官员，是因为他那一身装束，他自己拿过椅子时那掩不住的大大咧咧的派头。他笑眯眯地坐在我面前，说："请我喝杯啤酒吧。"我把茶杯里的残茶倒掉，给他把啤酒斟满，我有些慵倦的脸上浮现出的笑容有些特别的殷勤。

他问："你不认识我了？"

我摇摇头，说："真没见过，但我猜，起码是个县长。"

"好眼力。"他说，他是某某草原县的副县长。

我说："那你很快就能当上县长。"凭我多年的经验，有两种人明知是假话也愿意听：一种是女人愿意你把她的年纪说小；一种是那些在仕途上走上了不归之路的官员，愿意听你说他会一路升迁。

他笑了，灌下一大口啤酒，说："我们这种人身上是有一种气味的，有狗鼻子的人，一下就闻出来了。"

我说："你骂我呢。"

他说："我不是把你我两个都骂了吗？"

他说的倒还真是实话，他把当官的人，和一眼就认得出谁是当官的人的人都给浅浅地骂了。

他说："我认识你。"

我说："哪次开会，我去照你们这些一个个大脑袋，你当然该认识我了。"

"那次你到我们县，我就想赶回来见你，带你去看温泉，你一直想看的温泉。结果我赶回来，你们已经走了。"

说起温泉，我有些恼火，因为莫名的担心，我取下了这张照片，但我待会儿还得去向这张照片的摄影者作一些解释，并且不知道这些解释能否说服对方。

看我经过提示也没有什么反应，他把刚才摘下又戴上的墨镜又摘下来，隔着桌面倾过身子来，说："你这家伙，真不认识我了？"

这回，我看到了一双熟悉的眼睛，但没有到温泉一样遥远的记忆中去搜寻，最后，我还是摇了摇头。

他有些失望，也有些愤怒，说："你他妈的，我是贤巴！"

天哪，贤巴，有好多年，我都牢记着这个家伙，却没有遇见过他。现在，我已经将他忘记的时候，他又出现了。当我记得他的时候，我心里充满了很多的仇恨。当我忘记他的时候，那些仇恨也消泯了。所以，他这个时候在我面前出现，真是恰逢其时。因此，我想，神灵总是在这样帮助他的吧。

于是，我惊叫一声："贤巴!"就像遇到多年失散的亲人一样。

他看着我激动的样子，显得镇定自若，他拍拍我的肩膀，看看表，用不容商量的官员口吻说："我去州政府告个辞，你把这个赶紧弄完，再回家把照相机带上。两小时后我来这里接你。"

他说着这些话时，已经走到了大街的对面一辆三菱吉普跟前，秘书下来替他把车门打开，而我不由自主地也跟着与他一起走到了车子前。他在座位上踱踱屁股，坐牢实了，又对我说："记住，一定要准时，今天我们还要赶路。"

而我还在激动之中，带着一脸兴奋，连连说："一定。一定。"

当贤巴的坐驾在正午的街道上扬起一片淡淡尘土，消失在慵倦的树荫下时，槐花有些闷人的香气阵阵袭来，我才想起来，这个人凭什么对我指手画脚呢？一个区区几万人的草原小县的副县长凭什么对我用这样的口吻说话。而我居然言听计从。街上有车一辆辆驶过，车后一律扬起一片片尘土，我被这灰尘呛住了。一阵猛烈的咳嗽使我深深地弯下腰去。等我直起腰来，又赶紧回到橱窗那里，把剩下的活干完。然后，回到办公室，打开柜子收拾了三台相机，和一大包各种定数的胶卷。

馆长不在，我在他办公室等了好一会儿，也没见他回来，于是，我才放了一张纸条在他的桌子上。背上了相机，再一次走上大街，我心里开始嘀咕，这个该死的贤巴，十多年不见，好像一下便把过去的全部过节都忘记了。而我想起这一点，说明那些过节还枝枝杈杈地戳在我心口里。但我现在没有拒绝他的邀请。倒回十几年，我想当年那个固执的少年是会拒绝的。但我没有拒绝。

仅仅是因为那个男女不分裸浴于蓝天之下的温泉吗？

我走到体育场前的摄影橱窗那里，贤巴乘坐的三菱吉普已经停在那里了。贤巴满面笑容迎上前来，一开口说话，还是那种自以为是的腔调；他说："我以为你要迟到了。"

"你以为？"

他仍然是一副官员的腔调。"你们这些文艺界的人嘛，都是随便惯了的。"

我只知道自己是群众艺术馆的馆员，而是不是因此就算文艺界，或者什么样的人才能算文艺界，就确确实实不大清楚了。

他很亲热地揽住了我的肩膀，好像我们昨天还在亲热相处，或者是当年的分手曾经十分愉快一样。

他又叫秘书从我手上夺过了两只摄影包，放进了车里。

后来，我也坐在了车里，他从前座上回过头来，笑着说："我们可以出发了吗？"

槐花的香气又在闷热的阳光下阵阵袭来，我点了点头。

车子启动了。贤巴很舒服地坐在他的座位上，后排是我和他的秘书。看着他的硕大肥厚的后脑，我心里又泛起了当年的仇恨。或许还有嫉妒。这时，我从后视镜里看到了他的目光，望着前方，仍然野心勃勃，但其中也有把握不定前途的迷茫。我用相机替自己拍过照片，就像那些大画家愿意对着镜子画一张自己的自画像一样。我从自己的每一张自拍照中都看到了这样的目光。第一次看见这种神情的时候，我被自己的目光吓了一跳，我一直以为自己是一个随遇而安的人，但是，我的眼睛里野火一样燃烧着的东西却告诉我自己一直在渴望着什么。我想，面前这个人也跟我一样，肯定以为自己一直志存高远，而一直回避着面对渺渺前程时的丝丝迷茫。

这时，他说话了："我看你混得很不错嘛。"我直了直脖子，说："没法跟你比啊。"

"小小一个副县长，弄不好哪一天说下去就下去了。"

"我想体会一下这种感觉还体会不到呢。"

这时，他突然话锋一转，说："听说你搞摄影后，我就想，你总有一天会来拍我们县里的那个温泉。结果你一直没来。"

这使我想起了死去多年的花脸贡波斯甲，想起了已经淡忘多年的遥远的温泉。

贤巴从后视镜里看着我说："我说的这个温泉，就是当年花脸向我们讲过的那个温泉。"他还说："唉，要是花脸不死的话，现在也可以自由自在地去看那些温泉了。"

"但是花脸已经死了，"我从后视镜里看着他的眼睛，说，"花脸死得很惨。"我的口气要让他觉得花脸落得那样的下场，和他是有一定关系的。但他好像没有觉得。他说："是啊，那个年代谁都活得不轻松啊。"我眼前又浮现出了花脸死去时歪倒在火塘里的样子，想起了他那烧焦的脸。现在，那个灵魂与血肉都已离开的骷髅还安坐在那株野樱桃枝杈上吗？这个季节，细碎的樱桃花肯定已经开得繁盛如雪了。风从晶莹的雪峰上飘然而下，如雪的樱桃花瓣便纷纷扬扬了。

我没好气地说："就不要再提死去多年的人了吧。"

"我们不该忘记，那是时代的错误。"贤巴说这话时，完全是文件上的口吻。

汽车性能很好，发动机发出吟咏道路的平稳声音，车窗外的景色飞掠向后。一棵树很快闪过身后，一丛草中的石头，一簇鲜艳的野花，都一样地飞掠向后，深陷于身后的记忆之中了。记忆就像是一个更宽广的世界，那么多东西掉进去，仍然覆盖不住那些最早的记忆。我希望原野上这些东西，覆盖住我黯淡的记忆。但是该死的记忆又拼命地从光照不到的地方冒出头来。是的，记忆比我更顽强。

贤巴又说起了温泉。我告诉这位县长，他说到温泉时有两种口气。一种是官员的口气，他用这种口气谈温泉作为一种旅游资源，要大力加以开发。他谈到了资金，谈到了文化。就是这该死的人人都谈的文化，但他话题一转，谈到了男女混杂的裸浴。他的口气一下变得有些猥亵了。他谈到了乳房、屁股、毛发。少年时代的禁欲主义使我们看待一切事物都能带上双倍色情的眼光。这种眼光使我们在没有色情的地方也能看到淫邪的暗示，指向众多的淫邪暗示。

他一点也不生气，而是哈哈一笑，拍着他的司机的肩膀说："是的，是的，两种口气，官员的口气和男人的口气。"他的意思是说，谁让我又是官员又是男人呢？而我的意思是，如果我们奔向的是牧马人贡波斯甲向我们描述的那个温泉，是我们少年时代无数次幻想过的温泉，那他就不该用那样的口气。于是，我不再说话。

他的眼睛已经被这话题点亮了。

他说："到时候你拿相机的手不要发抖，不要调不准焦距。"

我没有说话。

"哈，我知道了，你只想饱自己的眼福，不愿意变成照片与人分享嘛。还是拍些照片，以后就看不到这种景象了。"

这一天，我们住在县城。贤巴请我去了他家里，他的妻子是个病恹恹的女人，周身都散发着一些药片的味道。但还是端着县长夫人的架子，脸上冷若冰霜。贤巴有些端不住了。说："这是我的同学，我的老乡。"

于是，县长夫人脸上那种冷漠的表情更加深重了，口里嘟哝了一句什么。

我自己调侃道："乡下的穷亲戚来了。"

县长夫人表情有些松动，打量我一阵，说："你们那里真还有不少穷亲戚。"

我很好奇："他们到这里来了。"

县长夫人盘腿坐在一块鲜艳的卡垫上，手里拿着一把精致的木梳，说："他们来洗温泉。"

我心里有了一些恶意："我来也是因为温泉。"

贤巴赶紧插进来，说："他是摄影家，他来拍摄温泉。我们要把温泉这个旅游资源好好开发一下。"

县长夫人脸上的表情又松动了一些。眼睛看着我，话却是对她丈夫说的："给办公室打个招呼，让招待所好好安排吧。"

说完，她好像是做了一件特别累人的事情，叹口气捶着腰走进了里间的房子。其实，此前她丈夫已经在招待所把我安顿好了。我害怕贤巴因此难为情，所以我不敢看他的眼睛。他把我送下楼，说："她跟我们不一样，她是从小娇生惯养的，她爸爸是我的首长，"他说出一个名字，那口气中的一点点歉疚就完全被得意掩盖了，"那就是他爸爸。"

当然，他说出的确实是一个尽人皆知的名字。

这时已经是夜里了，昏黄不明的路灯并没有把地面照亮多少，却掩去了草原天空中群星的光芒。贤巴又问我老婆是干什么的。我告诉他是中学教师。县长说："教师很辛苦。"

我说："大家都很辛苦。"

他又声音洪亮地笑了。笑完，拍拍我的肩，看着我走出了院子。街上空空荡荡。一小股风吹过来。吹起一些尘土。尘土里卷动着一些破纸片，一些塑料袋。尘土里的马粪味和远处传来的低沉狗吠和黯淡低矮的星空，使我能够确信，已经来到了草原。

第二天，贤巴没有出现。

一脸笑容的办公室主任来陪我吃饭，说贤巴县长很忙。开会，审查旅游开发方案。还有很多杂七杂八的事情。我只好说我不忙。吃完午饭，我上了街。街面上很多小铺子，很多露天的台球桌。有几个小和尚和镇上的小青年在一起挥杆，桌球相撞发出响亮的声响。不时有牧民骑着被太阳晒得懒洋洋的马从街上走过。我惟一的收获是知道了去温泉有六十里地。我站在街边看了一阵露天台球，然后，一个牧民骑着马走过来，身后还有一匹空着的马。我竖起拇指，就像电影里那些站在高速路边的美国人一样。两匹马停下来。斜射的太阳把马和人浓重的身影笼罩在我身上。马上的人身材高大，这个身影欠下来，说："伙计，难道我们去的是同一个地方？"

我说出了温泉的名字。

他哈哈一笑，跳下地来，拍拍我的屁股："你骑有鞍子这一匹，上去吧！"他一推我的屁股，我一下便升起来，坐在高耸的马背上了。那些打台球的人，都从下边仰脸望着我。然后，他上了那匹光背马，一抖缰绳，两匹马便并肩"嗒嗒"走动了。很快就走出县城，翻过两座小丘之间的一个山口，一片更广大的草原出现在眼前。

"嗬!"不知不觉间，我发出一声赞叹。

然后，一抖缰绳，马便奔跑起来。但我没有加鞭，只让马离开公路，跑到湖边，就放松了缰绳，在水边松软的小路上放慢了步伐。这是一个季节性的湖泊，水面上水鸟聒噪不已。

那个汉子也跟了上来，他看着我笑笑，又抖抖缰绳，走到前面去了。这一路，都由他控制着节奏，直到草原上突兀而起的一座紫红色的石山出现在眼前。他告诉我山根下面便是温泉。看着那座赭红色的石山，看着石山缝里长出的青碧小树，我想到了火山。很多年前，就在这里，肯定有过一次不大不小的火山喷发。我把这个想法告诉他，他说："这话像是地质队的人说的。"

"我不是地质队员。"

两个人正斜坐在马背上说话，从我们所来的草原深处，一辆飞驰的吉普车扬起了一柱高高的尘土。汉子突然猛烈地咳起来。我开了个玩笑，说："该不是那些灰尘把你呛住了吧？"

他突然一下止住了咳嗽，很认真地说："不止是我，整个草原都被呛住了。"

这一路，我们都避开了公路在行走，但又一直伴随着公路。和公路一起平行向前。我们又继续策马前行。汉子说："以后你再来这个地方，不要坐汽车来。"

我说那不大可能，因为我是从很远的地方来的。

他挥了挥手，说："得了吧，你的前辈都是坐着汽车来洗温泉的吗？"我的前辈们确实不是坐着汽车来洗温泉的，而且，是在有了汽车以后失去了四处行走的自由。当然，后来又恢复了四处行走的自由，但是，禁锢太久之后，他们的灵魂已经像山间的石头一样静止，而不是一眼泉水一样渴望奔突与流浪了。很多人确实像庄稼一样给栽在土里了。他说："我知道你是怎么想的，我是说，如果你真的想看温泉，想像你的先辈们一样享受温泉，那你就把汽车放在县城，骑一匹马到温泉边上来。"

"就像今天这样？"

他说："就像今天这样。"

那辆飞驰的吉普车从与我们平行的公路上飞驰而过时，我们已经到了那赭红色的山崖下面。抬头仰望，高高的山崖上有一些鸽子与雨燕向巢里飞进飞出。他在这个时候告诉我："我叫洛桑。"

我看着那些飞出巢穴的雨燕在空中轻捷地盘旋，过了一会儿，才明白他说的是什么。我说："对不起，我早该问你的。"

他跳下马，我也下了马，两个人并肩走在一起，他说："你该告诉我你的名字。"

我又颇为尴尬地说了一声"对不起"，然后告诉他我的名字。

洛桑笑了："你总是这么心不在焉吗？"

我告诉他："我一直在想温泉。"

他看了看我，眼睛里闪过一丝惊讶的亮光，但立即就掩藏住了。他说："哦，温泉。温泉。好了，朋友，温泉已经到了。"

这时，我们脚下掩在浅草中的小路，正拐过从崖体上脱落出来的几块巨大的岩石向前延伸。西斜的太阳把岩石巨大的影子投射在身上，风吹在身上有些凉。当我们走出岩石的阴影，身子一下又笼罩在阳光的温暖里，眼前猛然一亮：那不单单是阳光的明亮，而是被斜射的阳光镀上一层银色的水面反射的刺眼光亮。

温泉！

遥远的措娜温泉，曾经以为永远遥不可及的温泉就这样出现在了我的面前！

我站在那里，双眼中满是温泉的光芒在迷离摇荡，浓烈的硫磺味就像酒香一样，增加了恍惚之感。我站在那里，不知站了多长时间，只记得马在身后嗅嗅地喷着响鼻。温泉慢慢收敛了刺眼的光芒，让我看清楚了。从孤山根下的岩缝中，从倾斜的草坡上，有好几眼泉水翻涌而出，四处漫溢，在青碧的草坡上潴积出一个个小小的湖泊。就是那些湖泊反射着一天里最后的阳光，辉耀着刺目的光芒。

我把牵着的马交给洛桑，独自走到了温泉边上。水上的阳光就不那么耀眼了，只是硫磺味更加浓重。无边的草地中间，一汪汪比寻常的泉水带着更多琉璃般绿色的水在微微动荡，轻轻流淌。温泉水注入一个小湖，又很快溢出，再注入另外一个小湖。水在一个个小湖之间蜿蜒流淌时，也发出所有溪流一样的潺潺声响。

我坐下来，仿佛又回到了很多年前家乡寨子后面山上的盐泉边上。

鸟鸣与硫磺味都与当年一模一样。只是没有森林，也没有雪山。除了背后一座拔地而起的赭红色孤山，放眼望去，都是平旷的草原，一声浩渺叹息一样辽远的草原。

洛桑用马鞭敲打着靴子，让我收回了远望的目光。他说："每一次，我都像第一次看见一样，都像看见一个新鲜的年轻姑娘。"

我说："但是，这不是我一直想来的那个温泉。"

然后，我向他描述了花脸贡波斯甲曾经向我们描述的那个温泉。那个温泉，不像现在这样安谧、宁静，而是一个四周扎满帐篷的盛大集市，很多的小买卖，很多美食，很多的歌舞，很多盛装的马匹，当然还有很多很多的人穿着盛装来自四面八方。他们来到泉边，不论男女，都脱掉盛装，涉入温泉。洗去身体表面的污垢，洗去身体内部的疲惫与疾病。温泉里是一具具漂亮或者不够漂亮的躯体，都松弛在温热的水中。

也许真正的情形并不是那么天真无邪，那么自由，那么松弛，但在我的童年，花脸和寨子里那些来过温泉的上辈人的描述为我造成了梦境一样美丽的想象。现在，我来到了这个幻梦之地，这里却安静得像被人完全忘记了一样。草地青碧，蓝天高远，温泉里的硫磺味来到傍晚时分的路上，就像有种女人把某种美妙的情绪带到我们心头一样。还有一个叫洛桑的汉子，照看着两匹漂亮的马。马伸出舌头，卷食那些娇嫩的青草。

我一直坐在泉边。

不知过了多久，太阳光中的热力减弱了很多。

身后的洛桑突然说："来了一个人。"

果然，一个人正往山坡上走来。来人是一个乡村邮递员。他走到我们跟前，向洛桑问好，却对我视而不见。洛桑拿来一瓶酒放在地上，又拿出了一块肉，乡村邮递员从包里掏出一大块新鲜奶酪，然后，两个人脱得干干净净下到了温泉里。我也学他们的样子，下到水里，然后，把头深深地扎进温热的水里。水，柔软，温暖，从四周轻轻浸润过来，闭上眼睛，是一片带着嗡嗡响声的黑暗；睁开眼睛，是一片荡漾不定的明亮光斑。一个人在母腹中大概就是这个样子吧。佛经中说，世界是一次又一次毁灭，一次又一次开始的，那么，世界开始时就这样的吧。洛桑和乡村邮递员把大半个身子泡在温水里，背靠着碧草青青的湖岸，一边享受温泉水的抚慰，一边享用刚才备下的美食：酒、肉和奶酪。我却深深地把头扎在水里。每一次从水里抬起脑袋，只是为了把呛在鼻腔里的水，像牲口打响鼻一样喷出去，再深深地吸一口气，再一次扎进水里。

就这样周而复始，一次又一次扎入水中，好像我的生命从这个世界产生以来就从来没有干过别的。扎进水里，被水温暖而柔软地拥抱，睁开眼睛，是动荡不已的明亮，闭上眼睛，是结结实实的带着声响的黑暗。于是，我的生命变得简单了，没有痛苦，没有灰色的记忆。只是一次次跃出水面，大口呼吸，让新鲜空气把肺叶充满，像马一样喷着响鼻把呛进嘴里的水喷吐出去。这是简单的结结实实的快乐。是洛桑狠狠的一巴掌结束了我的游戏。

这些串成一串的温泉小湖都很清浅，当我把头扎向深水时，屁股便露出了水面。洛桑一巴掌把我拍了起来。看我捂住屁股的样子，乡村邮递员放声大笑。我从来没有想到过这个小矮人的腹腔里能发出这么大的声音。这太过洪亮的声音让我感到了尴尬。但是，洛桑递给我的酒化解了这种尴尬。

酒，还有乡村邮递员的奶酪，加上正在降临的黄昏，使我与温泉的第一次遭遇部分地印证了我的想象。酒精开始起作用了，我说："如果再有几个姑娘，漂亮的姑娘，跟我们一样赤身裸体的姑娘。"

这句话使两个人大笑起来："哦，姑娘，姑娘。"

"温泉里再没有姑娘了吗？"

两个人依然大笑不已。

很多年后，在东京，几位日本作家为我们举行的宴会上，大家谈起了日本的温泉。我问频频为我斟酒的老作家黑井谦次先生，是不是还有男女同浴的温泉。

川端康成小说里写过的那种温泉。老作家笑了，说：
"如果阿来君真的想看的话，我可以做一次向导。只是
先听一个故事吧。"他说，他四十岁的时候，与阿来君
差不多的年纪，离开喧嚣的城市，到北海道去旅行。
一个重要的内容当然是享受温泉，同时，也想看看男
女同浴的温泉。在外国人的耳朵里，好像整个日本的
温泉都是这样。而在日本，你被告知这种温泉在北海
道。寻访到北海道，你又被告知这种温泉在更偏僻一
些的地方。黑井谦次先生遇到的就是这种情况。他住
在北海道一间著名的温泉旅馆，但那里没有男女混浴
的地方。经过打听，人家告诉他有这种温泉。他走了
很长的路去寻访。结果他说："温泉里全是一些退了休
的老头老太太，他们对我说：'可怜的年轻人，以前没
有见过世面，到这里'来开眼界来了。'"黑井谦次先
生这个故事，在席间激起了一片开心的笑声。黑井先
生又给我斟上一杯酒："阿来君，我告诉你这个温泉在
哪个地方，只是，那些老太太更老了，一个四十岁的
男人该被他们看成小孩了。"大家再次开怀大笑。

　　回到酒店，我开始收拾东西，明天就要出发去据
说也有很多温泉的上野县的上田市。我眼前又浮现出
了中国藏区草原上的温泉。草原宁静，遥远，温泉水
轻轻漾动宝石般的光芒，鸟鸣清脆悠长，那光芒随着

四时晨昏有无穷的变化。

我又想起那次在温泉时的情形了。

我说:"如果这时再有几个姑娘……"

洛桑和乡村邮递员说,如果我有耐心,多待一些时候,就可以碰到这种情形。但在花脸贡波斯甲和寨子里老辈人的描述里,从晚春到盛夏,温泉边上每一天都像集市一样喧闹,许多赤裸的身体泡在温泉里,灵魂飘飞在半天里,像被阳光镀亮的云团一样松弛。美丽的姑娘们纷披长发,目光迷离,乳房光洁,歌声悠长。但是,当我置身于温泉中,这一切都仿佛天堂里的梦想。我把这种感觉告诉了身边两个男人。我们都喝得有点多了,所以大家都一声不响,躺在温水里,听着自己的脑海深处,什么东西在嗡嗡作响,看星星一颗颗跃到了天上。

洛桑说:"这种情形不会再有了。这个规矩被禁止了这么多年,当年那些姑娘都是老太太了。现在的姑娘,学会了把自己捂得紧紧的,什么都不能让人看见。男人们被土地,被牛群拴住了,再也不会骑着马,驮着女人四处流浪。一匹马关得太久,解开了绊脚绳也不会迎风奔跑了。"

"只有我,每天都在路上——"乡村邮递员还没有说完,洛桑就说:"得了吧。"

小个子的乡村邮递员还是不住嘴，他说："我每天都在到处走动，看见不同的女人。"我看见他口里的两颗金牙上有两星闪烁的亮光。

洛桑说："住嘴！"

邮递员又灌下一口酒，再对我说话时，他胃里的腐臭味扑到我脸上："朋友，我是国家干部，女人们喜欢国家干部，因为我们每个月都有国家给的工资！"

洛桑说："工资！"然后，两个耳光也随之落在了邮递员的脸上。邮递员捂着脸跳上岸，瘦小身子的轮廓被夜色吞没，使他看起来更像是一个不太具象的鬼影。他挨了打却笑出了声，话依然冲着我说："这狗日的心里难受，这狗日的眼红我有那么多女人。"

洛桑从水里跳出来，两个光身子的人在夜色中绕着小湖追逐。这时，下面的公路上突然扫过一道强光，一辆吉普车大轰着油门离开公路向山坡上冲来。雪亮的灯光罩住了两个赤身裸体的男人。洛桑强壮挺拔，邮递员瘦小而且罗圈着双腿。车灯直射过来，两个人都抬起手臂，挡住了双眼。车子直冲到两人面前才"吱"一声刹住了。车上跳下一个人，走到了灯光里。邮递员放下手臂，嗫嚅着说："贤巴县长。"

洛桑像牙疼似的"哼"了一声。

贤巴县长对他视而不见，径直走到洛桑面前，说：

"我的朋友呢？"

洛桑一下没有回过神来："你的朋友？"

我在水里发出了声音："我在这里。"

贤巴说："我在乡政府等了你很久，我以为你会去乡政府。"

我说："我是来看温泉的，到乡政府去干什么？"

贤巴说："干什么？找吃饭睡觉的地方。"

"难道跟他们就没有吃饭睡觉的地方？"

副县长说："穿上衣服，走吧。"然后他又转身对洛桑说："你这种人最好离我的朋友远一点。"

"县长大人，是你的朋友竖起大拇指要跟我走的。"洛桑又灌了一大口酒，对我说："原来你也是个大人物，跟你的朋友快快地走吧。"

这时，那个乡村邮递员已经飞快地穿上衣服，提起他的帆布邮包，钻进夜色，消失了。

贤巴拉着我朝汽车走去，洛桑也一把拉住了我。我以为他改变了主意叫我留下来，如果他说你留下，我想我会留下的，但他说："就这么走了？国家干部骑了老百姓的马不给钱吗？"

我还光着身子，贤巴把一张五十元的纸币扔给这个脸上显出可恶神情的家伙。纸币飘飘荡荡地落到水里，洛桑笑着去捞这张纸币，我穿上衣服。坐在汽车里，温泉泡得我浑身很舒服，甚至有点瘫软，脑子也因此十分木然。我半躺在汽车座椅上，汽车像是带着怒火一样开动了，车灯射出的两根光柱飞速扫过掩入夜色的景物，一切刚被照亮，来不及在眼前呈现出清晰的轮廓便又隐入了夜色。很快，汽车摇摇晃晃地开上了公路，声音与行驶都平稳了。

贤巴转过脸来，这几天来那种客气而平淡的神情消失了，当年参军前脸上看人常有的那种讥诮神情又浮现在他那张看上去很憨厚的脸上："拍到光身子的女人了吗？先生，时代不同了，你不觉得那是一种落后的风俗吗？"

"我觉得那是美好的风俗。"

汽车颠簸一下，贤巴的头碰在车身上，他脸上讥诮的神情被恼怒代替了："你们这些文人，把落后的东西当成美，拍了照片，得奖，丢的可是我们的脸。"

我不再说话，在这么大的道理前还怎么说话？这种话出现在报纸上、电视上，写在文件里，甚至这么偏僻的草原上也有人能把这种道理讲得义正辞严，而我已经习惯沉默了。

突然我又想起了刚刚离开的温泉。不断鼓涌，静默地吐出一串串珍珠般晶莹气泡的温泉。甚至，我恍然看到阳光照亮了草原，风吹着云影飞快移动，一个个美丽健硕的草原女子，从水中欢跃而起，黄铜色的藏族人肌肤闪闪发光，饱满坚挺的乳房闪闪发光，黑色的体毛上挂着晶莹的水珠，瞬息之间就像是串串宝石一般。

我甚至没有提出疑问，这种美丽怎么就是落后呢？

我只是被这种想象出的美丽所震撼。我甚至想，我会爱上其中的哪一个姑娘。温泉把我的身子泡得又酥又软，车子要是再开上一段，我就要睡着了。但车灯射出的光柱停止了摇晃，定定地照在一幢红砖平房上。这是管辖着温泉的乡政府。当晚我们就住在那里。县长下来了，乡里的书记、乡长、副书记、副乡长、妇联主任和团委书记都有些神情振奋，开了会议室，一张张长条的藏式矮几上摆上了手抓羊肉，和新酿的青稞酒。乡长派人到半夜十二点准时停电的小水电站，传令让发电机通宵发电，然后脱了大衣，举起了酒碗。大家喝酒，唱歌，有藏族的酒歌、情歌，也有流行歌。

这个镇子很小，也就十几幢这样的平房吧。乡政府里歌声大作时，已经睡着的大半个镇子又醒过来了。我们宴席场所的窗玻璃上贴饼子一样，贴满了许多生动的人脸。一些羞怯而又兴奋的姑娘被放了进来，她们喝了一些酒，然后就与干部们一起唱歌跳舞。

我希望这些姑娘不要这么哧哧傻笑，但是她们却兴奋地哧哧地笑个不停；我也希望她们脸上不要浮现出被宠幸的神情，但是她们都明白无误地显露出来了。

　　我想对贤巴说，这才是落后的风俗。但贤巴县长正被两个姑娘围着敬酒，他已经有些醉了。他很有派头地勾勾指头叫我过去。两个带着巴结笑容的姑娘也向我转过脸来。我在他们身旁坐下来，贤巴又是很气派地抬抬下巴，两个姑娘差不多是把两碗酒灌进了我的嘴里。她们实行的是紧贴战术，我感到了坚挺的乳房一下又一下的碰触。这种碰触的记忆已经很遥远了。我不由得躲闪了一下，贤巴咧着嘴笑着说："怎么，这不比想象温泉里的裸浴更有意思吗？"

　　两个姑娘也跟着笑了，我觉得这笑声有些放荡。但也仅此而已。一些放荡的笑声，一些浅尝辄止的接触。

　　贤巴悄悄地对两个姑娘说："这家伙是我的朋友，他带了很高级的照相机，要拍女人在温泉里的光屁股照片。"

　　又是一些放荡的笑声，一些浅尝辄止的接触。

　　当然，他们三人比我更深入一些，但也只是一些打情骂俏，如果最后没有宽衣解带，这种打情骂俏也是发乎情止乎礼仪的意思。虽然我也看到了一些人的手在姑娘身上顺着曲线游走与停留。送走这些姑娘的时候，天已经快亮了，瞌睡与酒意弄得人脑袋很沉。我和副县长住在一个屋里。上床前，贤巴亲热地擂了我一拳。我又感觉到年少时的那种友谊了。上了床后，贤巴又笑了一声，说："你这个人呀！"我怎么了？什么意思？

他却发出了轻轻的鼾声。我的眼皮也沉沉地垂了下来。醒来的时候，才发觉连衣服都没脱就上床了。但这一觉却睡得特别酣畅淋漓。窗户外面有很亮的光线，还有牛懒洋洋的叫声。贤巴已经不在床上。我推开门，明亮的阳光像一匹干净明亮的缎子铺展在眼前。院子里长满茸茸的青草，沿墙根的几株柳树却很瘦小。土筑的院墙之外，便是广大的草原。炊事员端来了洗脸水。然后又用一个托盘端来了早餐：几个牛肉馅包子和一壶奶茶。他说："将就吃一点，马上就要开中午饭了。乡长他们正在向县长汇报工作，汇报完就开饭。"

我有些头痛，只喝了两碗奶茶。

我端着碗站在院子里，听到会议室里传来响亮的讲话声。那种讲话用的是与平常说话大不一样的腔调。在这个国家的任何一个角落都可以听到。

我信步走出院子。

这个镇子与我去过的其他草原小镇一模一样，七零八落的红砖或青砖的房子都建在公路两旁。土质路面十分干燥，脚踩上去便有尘土飞扬。更不要说阳光强烈的时候，常常有小旋风平地而起，还间或有一辆卡车驶过，会给整个镇子拉起一件十分宽大的黄尘的大氅。这么多蒙尘的房子挤在一起，给人的印象是，这个镇子在刚刚建好那一天便被遗忘了。宽广的草原无尽延伸，绿草走遍天下，这些房子却一动不动，日复一日被尘土覆盖，真的像是被遗忘在了世界的尽头。我踩着马路上的尘土走进了供销社。有一阵子，我什么也看不见，但感到袭上身来的轻轻寒气，然后听到了一个熟悉的哧哧的笑声。这时的我眼睛已经适应了光线的变化，又能看见了。我看见一个摆着香烟、啤酒的货架前，那个姑娘的脸。是昨晚上在一起欢歌、饮酒并有些试探性接触的姑娘中的一个。

　　她说："啤酒？"

　　我摇摇头，说："烟。"

　　她说："男人们都喜欢用酒醒酒。"然后把一包香烟放在我面前。我付了钱，点上香烟。一时感到无话可说。这个姑娘又哧哧地笑起来。昨天晚上，有人告诉了我她的名字，但我却想不起来了。她笑着，突然问："你真想拍温泉的照片？"

我说："昨天我已经拍过了。"

她的脸有点红了，说："拍女人，不穿衣服的？"

我点了点头，并为自己的不坦率有些不好意思。

"那就拍我吧！"说这话时，她的声音变得有些尖利了，并用双手捂住了脸。然后，她走出柜台，用肩膀推我，于是，我又感到了她另外部分柔软而温热的碰触，她亲热地凑过来，说："走吧。"那温热的气息钻进耳朵，有一种让人想入非非的痒。

我们又重新来到了明亮灼人的草原阳光下，她关了供销社的门，又一次用温热的气息使我的耳朵痒痒又痒痒，很舒服的痒痒，然后说："走吧，摄影家。"

我被这个称谓吓了一跳，她说："贤巴县长就是这么介绍你的。"

穿过镇子时，我便用摄影家的眼光看这个镇子上的美女，觉得她的身材有些异样的丰满。我是说她的腰，扭动起来时，带着紧裹着的衣服起了一些不好看的褶子。但她的笑声却放肆而响亮。我跟在她后面，有些被挟持的味道。就这样，我们穿过镇子，来到了有三幢房子围出一个小操场的小学校。一个教室里传出学生们用汉语念古诗的声音，另一个教室里，传来的却是齐声拼读藏文的声音。这个笑起来很响亮，却总要说悄悄话的姑娘又一次附耳对我说："等着，我去叫益西卓玛。"

于是，我便在挂着国旗的旗杆下等待。她钻进一间教室，于是，那些齐声拼读藏文的声音便戛然而止。她拉着一个姑娘从教室里出来，站在我面前。这个我已经知道名字叫益西卓玛的姑娘才是我想象的那种美人形象。她有些局促地站在我面前。眼睛也躲躲闪闪地一会儿望着远处，一会儿望着自己的脚尖。

供销社姑娘附耳对她说了句什么。

益西卓玛便扭扭身子，用嗔怪的声音说："阿基！"

于是，我知道了供销社姑娘名叫阿基。

阿基又把那丰满的紫红的嘴唇凑近了益西卓玛的耳朵。她觑了我一眼，然后红了脸又嗔怪地说了一声："阿基。"就回教室里去了。

阿基说："来！"

阿基把我拉进了一间极为清爽的房子。很整齐的床铺，墙角的火炉和火炉上的茶壶都擦拭得闪闪发光。湖绿色的窗帘。本色的木头地板。这是一个让人感觉清凉的房间。我坐在椅子上，看着靠窗的桌子上，玻璃板下压着房主人的许多照片。我觉得这些照片都没有拍出那个羞涩的美人的韵味来。

我正在琢磨这些照片，阿基站在我身后，用胸口碰了碰我的脑袋，然后，她的上身越过我的肩头，把一本书放在我面前的桌子上。原来是一本人体摄影画册。我随手翻动，一页页坚韧光滑的铜版纸被翻过，眼前闪过一个个不同肤色的女性光洁的身体。这些身体或舒展或扭曲，那些眼神或诱惑或纯洁，那些器官或者呈现出来被光线尽情勾勒，或者被巧妙地遮蔽与掩藏。这时，下课的铃声响了起来。铜质的声音一波波传向远方。门"咿呀"一声被推开，益西卓玛老师下课了。她拍打着身上的粉笔粉末，眼光落在画册上，脸上又飞起两朵红云。

我听见了自己"咚咚"的心跳。

阿基对益西卓玛伸伸舌头，做了一个鬼脸，再次从我肩头俯身下来，很熟练地翻开其中一页，那是一个黑色美女身上布满水珠一样的照片。她说："益西卓玛就想拍一张这样的照片。"

益西卓玛上来狠狠掐了她一把。阿基一声尖叫，返身与她扭打着，笑成了一团。两个人打闹够了，阿基躺在床上喘气，益西卓玛抻了抻衣角，走到我面前，说："是不是从温泉里出来，就能拍出这种效果？"

我不知为什么就点了头，其实我并不知道一个女人光着身子从温泉里出来是不是有这种效果。

"我下午没课，我们——可以，去温泉。"

她面对学生时，也是这种样子吗？阿基问我要不要啤酒，我说要。问我要不要鱼罐头，我说要。她便回供销社去准备野餐的食品。阿基一出门，两人一时没话，后来还是我先开口："这下你又有点老师的样子了。"

她说："这本画册是我借学校图书馆的，毕业时没还，带到这里来了。"不等我再说什么，她像是用命令学生的口吻："去拿你的相机，我们等你。"

回到乡政府，他们的会还没散，挎上摄影包后，我想，我到温泉来想拍什么照片呢？然后，又听到自己的心脏跳得咚咚作响。

两个姑娘很少待在水里，她们大多数时间都在青草地上摆出各种姿势，并在摆出各种姿势的间隙里咯咯傻笑。有时，阿基会扑上来亲我一下。后来，她又逼着我去亲益西卓玛。益西卓玛样子很羞涩，但是，你一凑上去，她的嘴巴便像蚌一样微微张开，那嘴唇微微的颤动更是夺人心魄。我已忘了来温泉要拍的并不是这种照片。这两个草原小镇上的姑娘，举止是开放的，但衣着却是有些土气，两者之间不是十分协调。但现在，她们去除了所有的包裹与披挂，那在水中兴波作浪的肉体，在阳光下闪耀着鱼一样炫目的水光的肉体，美丽得让人难以正视，同时又舍不得不去正视。

她们不断入水，不断出水，不断在草地上展开或蜷曲起身体，照相机快门应着我的心跳声"嚓嚓"作响。

我真不能说这时的我没有丝毫的邪念。我感到了强烈的冲动。

两个姑娘肯定觉察到了这种冲动。她们又把身子藏在了水中，嘻嘻地笑着说："你怎么不脱衣裳？"

"你怎么不敢脱衣裳？"

对于知晓男人秘密的女人又何必遮掩与躲藏，我动手脱我的衣裳。我这里还没有解开三颗扣子，两个姑娘便尖叫起来："不准！"脸上同时浮现出受辱的表情。看我面有愠色，她们又对着我撩来很多水花，然后靠在岸边抬头呶着嘴，说："亲一个，来嘛！"

"来嘛，亲一个。"

我的吻真是带着无限激情，可是，两个嘴唇刚碰到一起，女人像被火苗舔着了一样，滑溜溜的身子从我手里滑开了。阿基是这样。益西卓玛也是这样。不过，益西卓玛在我怀里勾留了稍长一点的时间，让我感受了一下她嘴唇的与身子的震颤。但最后，她还是学着阿基的样子，火烤了一样尖叫一声，从我手上溜走了。两人蹲在轻浅的温泉中央，脸上一致地做出纯洁而又无辜的表情，眼神里甚至有一丝哀怨。让你为自己的男人的欲望产生负罪之感。我无法面对这种境况，便背过身子走上温泉旁的小山冈。

我坐在一大块岩石上，一团团沁凉的云影慢慢从头顶飘过，体内的欲望之火慢慢熄灭，代之而起的是淡淡哀伤。我走下山冈时，两个姑娘也穿好衣服了。她们在草地上铺开了一条毡子，上面摆上了啤酒和罐头，还有谁采来一束太阳菊放在中间，配上她们带来的漂亮杯子，煞是好看。但那气氛却不够自然。我脸上肯定带着抹也抹不去的该死的人家欠了我什么的表情，弄得两个姑娘一直露着有些讨好的笑容。就在这时，我们听见了汽车的声音，然后看见汽车在草原上拉起的一道黄尘。

很快，贤巴副县长就带着一干人出现在了我的面前。

我发现他脸上的表情有些莫名的严峻。两个姑娘对他露出灿烂笑容，眼里的惊恐之色无法掩藏。

贤巴不理会请他坐下的邀请，围着我们展开在草地上的午餐，围着我们三个人背着手转圈，而跟随而来的乡政府的一干人抱着手站在一边。看着两个姑娘脸上惊恐之色越来越多，我也有种偷了别人什么东西的那种感觉。

贤巴终于发话了，他对乡长说："我看你们乡政府的工作有问题，就在机关眼皮底下，老师不上课，供销社关门……"乡长便把凶狠的眼光对准了两个姑娘。

两个姑娘赶紧手忙脚乱地收拾摊子，贤巴又对乡长说："是你管理不规范才造成了这种局面。"然后，他走到两个姑娘面前，说"其实这也没什么，以后好好工作就是了。今天，我放你们的假，我的这位摄影家朋友要照点温泉里的照片，就让他照吧。当然——"他意味深长地笑起来，"我这可能都是多事，可能你们早已经照过了。"

两个姑娘赶紧赌咒发誓说没有。没有。

"那等我们走了你们再照吧。下午还有很长时间。"

两个姑娘拼命摇头。

副县长同志很温和地笑了："其实，照一照也没什么，照片发表了就当是宣传，我们不是正要开发旅游资源吗？可惜我们这里是中国，要是在美国那种国家，你们在温泉里的裸体照片可以做成广告到处发表，作为我们措娜温泉的形象代表。"

两个姑娘在乡长的示意下，十分张皇地离开温泉，连那些吃食都没有收拾就回镇子上去了。

贤巴坐下来，对我举举两个姑娘留下的漂亮酒杯，不客气地吃喝起来。那气派远不是当年跟工作组得到一点好处时那种故意做出来的骄傲了。

我没有与他一起吃喝，而是脱光了衣服下到温泉里。

水，温软柔滑，我的身子很快松弛，慢慢躺倒在水里。在日本上田市一座叫做柏屋别所的温泉山庄，我也这样慢慢躺倒在一个不大的池子里。池子四周是刻意布置的假山石，甚至还有一株枫树站在水边，几枝带嫩叶的树枝虬曲而出，伸展在头顶上空，没有月亮，但隔着窗纸透出的朦胧灯光却有些月光的味道。池子很小，隔着一道严密的篱墙，伴着活泼的撩水声传来女人压低了的笑声。我学着别人把店伙计送来的小毛巾浸热了搭在额头上，然后，每个人面前的水上都漂起一个托盘，里面有生鱼片、寿司和这家店特制的小糕点，然后是一壶清酒。清酒度数不高，但有了酒，就有了气氛。隔壁又传来活泼的撩水声，我对陪同的横川先生说："隔壁有女人？"

他笑了，啜一口酒，看看那堵墙，说："都是些老年人。"

而这确乎就是川端康成曾经沐浴并写作的温泉中的一个。在温泉山庄的陈列室里，便张挂着他字迹工整的手迹，那是他一本小说的名字：《花之圆舞曲》。

大家想起了黑井谦次先生的话，于是都压低了声音笑起来。

当大家再次沉默时，我想起了自己在草原上第一次沐浴温泉时的情景。

心里有气的县长大人坐在岸上猛吃海喝，我自己泡在水里，乡政府的人不吃也不洗，他们在费力琢磨县长跟他远道带来的朋友是个什么样的奇怪关系。所以，我从水里伸手要一瓶啤酒的时候，也就要到了啤酒。其实，那只是要借机掩饰心里的不安。后来，由于温泉水和啤酒的联合作用，很快就让我心情放松下来。我不就是拍了些姑娘裸浴温泉的照片吗？更何况，他们还不能确定我们拍了照片。县长带着些怒气吃喝完了，回过身对我说："泡够了吗？"

　　我穿上衣服，大家便上路了。乡政府的北京吉普紧紧地跟在我们的车屁股后面，经过镇子的时候，贤巴对司机说："不停了，回县上去。"

　　司机一轰油门，性能很好的进口越野车提速很快，我们的车子后面扬起大片的黄尘，把那个镇子掩入了尘土。镇子上有两个姑娘把她们的美丽的身体留在了我的胶卷里，也把她们自己也难以理解的某种渴望留在了我的心上。乡政府的吉普车又在尘土里跟我们一段，然后，终于停了下来。

　　副县长吐了一口气，说："他们肯定是呛得受不了了。"

　　司机没心没肺地说："也许这样能治好他的气管炎。"

副县长有些恨恨地说："他的管理能力太差了，哼，乡上的干部不上班出去野餐。"

他这些话使我心里的不安完全消失了："好了，县长大人，我叫了两个姑娘，准备拍几张照片，也不至于把你冒犯成这样。"

他"哼"了一声。

我的话更恶毒了："你是不是草原上的皇帝，这些姑娘都是你的妃子？"

他说："不管我们怎么努力工作，你们这些臭文人，都来找落后的证据。"

"人在温泉里脱了衣服洗澡，就是落后吗？"

"女人洗澡，男人都要守在旁边吗？"

我真还无法回答，便转脸去看窗外美丽的草原。眼睛很舒服，耳朵里像飞进了许多牛蝇嗡嗡作响，副县长同志滔滔不绝地讲着一些似是而非的大道理，讲得自己脸上放光。

我说："你再作报告，我要下车了。"

他用怜悯的眼光看着我，说："知道吗，小子，过了这么多年，你的臭毛病一点都没改变，"他叹了口气，"本来，我们要新成立一个旅游局，开发旅游资源，我把你弄来想让你负点责任，想不到……唉，你只有往宣传栏里贴照片的命。"

"你让我下车。"

"会让你下车的，不过要等回到了县上。不然的话，你回老家又会说，贤巴又让你受了委屈，狠心的贤巴把你扔在草原上了。"沉默了一会儿，他又说："其实，寨子里那些人懂得什么，他们说什么我才不在乎呢！他们从来不说我好话，我不是好好地活着吗？活得比谁都体面！"

我与贤巴重建童年友谊的努力到此结束。这是令两人都感到十分沮丧的事情。只是，自认是一个施与者的贤巴，沮丧中有更多的恼怒，而我只是对人性感到沮丧而已。

更何况，我并不认为，我没有在别的地方受到人性的特别鼓舞。

第二天早上，我离开了草原，副县长同志没有来送别。车子奔驰在草原上，我的心情又开朗起来。我没有因为与这个县将要产生的旅游局长或副局长的宝座擦肩而过而若有所失。因为草原美景，因为汽车快速奔驰带来的快感高兴起来了。

同时，我心里有些急切，快点回到单位，紧紧锁起暗房的门，把那些彩色胶卷冲洗出来。事实也是如此，回到州府已经是黄昏时分，这天是周六，很多人在街上散步。我把自己关进暗房，操纵板上灯光闪烁，药水刺鼻的味道使人新鲜，洗印机嗡嗡作响，一张张照片被吐了出来。这下，我才感到了沮丧。两个姑娘远没有当时感觉的那么漂亮。那些诱惑的声与色，那些不可逼视的光与波都消失不见了。照片上的人除了笑容有些生动之外，就是一团团质感不强的肉团而已。

我收拾好东西，走到街上，心里有些茫然若失。夜已经深了，街灯一盏盏亮向远处，使镇子上短促的街道有了纵深之感。两家歌厅里传来声嘶力竭的歌唱。街上的槐花还开着，但刚刚开放时那浓烈的香气已经荡然无存了。微微的夜风吹来，很多有些枯萎的花瓣便飘落下来。我躺到床上时，身上的一些花瓣就落在床前。

我躺在床上说："花脸啊，你骗我，温泉没有你说的那么美好。"只是我不清楚这话是清醒时说的还是在梦中说的。

如果是梦，我怎么没有见到贡波斯甲。

如果不是梦，我再怎么伤心也不至于说这没有用处的话。

照片上的女人没有画册上那么漂亮，是因为她们并不上相，加上我的手艺也不及那些大师。温泉不是花脸所讲的温泉，是因为时代变了。这是贤巴副县长说的。

我把那些照片封装在一个大纸袋里，塞在文件柜里边一个抽屉里锁了起来。有关那个遥远温泉的想象与最初的记忆也一起封进了那个纸袋。我给那个抽屉多加了一把锁。

　　对我来讲比较容易的是，我与童年朋友贤巴的相互遗忘。但是，他好像不愿意轻易被人忘记。这是一个比较糟糕的情况。第二天上班，同事们便问我，什么时候离开，去高就草原县的旅游局长？馆长还对我说，可以把小城里的橱窗腾出来，专门作一期某县的旅游景点宣传专刊。照片就用我这一趟拍回来的东西。

　　关于这个问题，我不好对馆长多说什么。

　　馆长说："这是馆里对你高升表示的一个意思，你知道，我们这种单位也就只能做这么大一个人情。"

　　我告诉馆长，我不会去当什么子虚乌有的旅游局长。

　　馆长笑了，拍拍我的肩膀，说："窝在我手下，是委屈你这个人才了，本来，我准备向组织上反映，我也不想干了，你来接我这个班，但是，现在，嗨呀，不说了，不说了，以后你要多关照啊！"

　　这么一说，我也不敢解释说我不走了。更何况，我也没有太想当这个馆长。这样过了几个月。大家看我的神情，便有些惋惜又有些讥讽的味道了。因为某县的机构调整了，贤巴同志升任县长，县政府果然新设了旅游局。县上发了请帖，派了车来接报社、电视台的记者参加旅游局的挂牌仪式，艺术馆因为有两个橱窗，而得到了一张请帖。旅游局长不是我，请帖上自然也不是我的名字。我的一个同事把请帖给我看。上面写着他的名字。

"该你去，你拍得比我好。"我说的是老实话，他的照片确实拍得比我好。

同事看我反应平淡，叹了口气，说："弄不懂你是个什么人。"

我想，我有时也弄不懂自己想要什么。就像我悄悄写下的那些小说那样不可捉摸。之后，馆里的什么好事，比如调一个好单位，干一点有油水的事情，评职称与评先进，都没有我的份了。你想，你连旅游局长都不想当，还会对什么事情感兴趣呢。这一切，我的童年朋友贤巴都让我感到他的存在。他告诉我可能当上旅游局长时，这个可能已经不存在了。但他又把这件事情让所有与我相关的人知道。他在地上画了一个饼。他以为这个人在这方面肯定是饥饿的，所以，他画下这个饼，然后用脚擦去，然后才告诉这个人，原来这地上差点长出一个饼，但你无福消受，这个饼又被老天爷拿走了。你看，现在地上什么都没有了。

确确实实，地上又是一片被人踩来踩去，踩浮了的泥土。你还可以画上很多东西，然后，又用脚毫不费力地轻轻擦去，就像这些东西从来就没有存在过一样。

但是，这么复杂的道理，怎么对人讲得清楚呢？于是，我只好假装没有听见。如果有人实在要让我听见，我就看看那个柜子，想想里面那个上了两把锁的抽屉，笑笑，再想想那两个姑娘，我的笑容有些意味深长。

当另一个县发来请帖，邀馆里派人去拍摄他们的温泉山庄开营仪式时，大家都想起来，我有两年没有出过公差了。于是，馆长便把这个好差使给了我。这事是在馆里的全体会上决定，大家鼓掌通过的。下班的路上，馆长跟我走在一起。他说，我去的这个县的县长与我的老乡贤巴，两个人都是风头正健的年轻县长，两个人做什么事情都相互较着劲，馆长说："你那个老乡刚成立了旅游局想开发温泉，这边不声不响，先就把温泉开发出来了。你去，我们给他好好宣传一下。"

馆长这么说，好像我特别想报复贤巴一下，好像我们多出两个橱窗，就可以狠狠报复贤巴一样。但馆长是好心，同事们也都是好心，我无话可讲。

这个温泉离我的家乡，比草原上那个温泉要近上百公里。只是从来没人说起过这个温泉。

县里派了一个宣传部的干事来接我们这一干不很要紧的人。我问他，什么时候发现的这个温泉？

他说："发现？只是开发罢了，温泉又没藏起来。"

"怎么以前没有听说过。"

他有些不耐烦了，说："现在不就听说了吗？"

车行一百多公里，就是这个县的县城。当夜就住在招待所里。第二天早上起来上路，我们的车便加入到了一个近百辆小车，并有警察开道的车队里。晚上下过雨，已经是九月份了，落在河谷里打湿了河滩上大片卵石的雨在山顶上是雪，高处的雪被阳光照亮，闪烁着耀眼的光芒。车队在这样的风景中缓缓行驶了十多公里。一道青翠的松枝装饰的牌坊出现在眼前。鼓乐齐鸣，穿着民族服装的美丽姑娘手捧酒碗与哈达等在那里。车队停下来。官员们登上了牌坊前铺了红色化纤地毯的讲坛，讲话，又拿起剪子剪断了拦路的红绸。大家走进牌坊，便进入了一个簇新的温泉山庄，再剪开一个阀门上的红绸，大号碗口那么粗的一股水，便通过一个铁管哗哗地流入温泉山庄中央的游泳池里。水溅在瓷砖铺出的池底上，声音欢快响亮。温泉特有的硫磺味盖过了人们的喧闹，四处弥散开来。一个新的旅游资源的开发大功告成了。我自己的相机，身边的很多相机举起来，快门声响成了一片。"噼噼啪啪"，就像劈柴垛子从高处垮了下来。

餐厅里的欢宴结束后，那池子里的水也注满了。很多人都换上事先准备的游泳衣裤走入了水中。人太多了，所以只有领导被安排到有单独的温泉浴池的客房里休息。我没带游泳衣裤，又没有进单间的资格，便约了几个有类似情况的人顺着引温泉水下山的钢铁管道往山上走去。进入树林后，钢铁管道便潜入了地下，但新填埋的黑土指出了方向。

我们在桦树、榉树与松树混生的树林里一路向上，林子里，身前身后不时有几声鸟鸣，脚底下的苔藓潮湿松软。然后，风把硫磺味送进了我们的鼻腔。在一个小山涧里，翻过一株倒在地上正在腐朽的巨大云杉树干，温泉的源头便出现在我们眼前。

从一株红桦树根紧抓着的岩石下，温泉汩汩有声，翻涌而出。然后就在一个混凝土蓄水池中汇聚，经过一个滤水口，进入了碗口粗的铸铁水管，奔往山下。滤水口的水面上，堆积起大堆的落叶，这对本就十分洁净的水又起了一次过滤作用。当然，我们来这里不是来看这个蓄水池的，而是想看看温泉本来的样子。原来温泉水流淌的山涧中，水已经干了，于是，满涧里只剩下了很多长满青苔的累累石头。而在那些石头中间，现在还有几个闪亮的水洼，想来，当温泉水还在涧里自由流淌的时候，那一个个水洼便是可以沐浴身体的地方，虽然，这比草原上的温泉局促了许多，但有几个人躺在里面沐浴身体，还是完全可以的。我们在温泉边上坐了一些时候，觉得上山时汗湿的背上有些寒意，大家站起来，摸摸坐湿了的屁股，再环顾一次四周，便开始迈步下山了。甚至没有人拿出相机来拍一张照片。一条小路很清晰地从泉眼处开始，从比山涧高一点的树林中顺着山涧蜿蜒。我们顺着这条路下山。转过两个山弯，一个小木屋出现在眼前。而且，木屋顶上还冒出袅袅的青烟。走进木屋，火塘上架着的锅里透出阵阵肉香。木屋里有三个人。一个小姑娘正用肉汤喂一个眼睛上搭着一条湿毛巾的老女人，老男人有些木然地对我们笑笑，不停地抽他自己的烟。眼睛上搭着毛巾的老女人脸上露出笑容，说："又来人了，也是来治病的吧。"

此行中好像只有我懂得藏话，于是，我说："我们来看看温泉。"

老太太说："这温泉灵啊，多洗几天，我这眼睛就又能看见了。"

她推开嘴边的肉汤，拿掉毛巾坐起身来，露出她不停流泪的双眼与通红的眼眶。她说："女儿，去吧，给新来的人腾些地方，今天晚上我们就有三家人了。"

她女儿告诉她，是一些看风景的干部。老太太有些失望地"哦"了一声，又倒向地铺，再次把毛巾搭在眼睛上。我们退出木屋，在屋子旁边看见一个岩石，细细的两股温泉便从岩石中央的裂缝里翻涌出来，加上石头上的两个小洼，多少有些像一对泪眼。那个姑娘走出来，用这水洗了毛巾，又用一只铜罐打了水，把毛巾浸在里面，又回木屋里去了。

我算是看到人们是如何用温泉治疗疾病了。

这时，从树丛那边，传来了一个人很难过，也很费力地呕吐的声音。往前几步，是这温泉的又一个泉眼。一个人正伏在那里呕吐，一个女人，是他的母亲吧，一只手扳着他的肩头，一只手拍打着他的背部。那人吐过了，直起腰来大口喘息着，看到我们，他年轻瘦削的脸上露出了热情的，也是无力的笑容。他说："听说今天山下很热闹？"

我点点头："你这是治什么病？"

"胃里的毛病，"他母亲说，"我儿子没病的时候，一头牛都扛得起来，现在瘦成什么样子了。"

小伙子显得十分虚弱，但他还是说："喝这水洗胃，吐了喝，喝了吐，把肚子里不干净的东西吐光了，胃洗干净了，我的病就好了。"

这时，有一个同伴问了一个很蠢的问题："为什么不去医院？洗温泉能治病也可以住在山下，你们不知道山下的温泉山庄住得好，吃得也好吗？"

这是一个愚蠢的问题，我感到自己心里蹿起了莫名的怒火，但那个脸色苍白的年轻人仍然笑着："这里不用花钱啊！"

说完，他又俯身在温泉上开始很艰难地大口大口吞咽硫磺味浓重的温泉水，他呻吟着，吞咽着，我们背过身走下山去，很快，便听到他再次呕吐的声音。我加快步子，把这声音远远地抛在了后面。

因为这个声音，我失去了在丰盛晚宴上的胃口。餐厅里觥筹交错，我不想煞大家的风景，便离席走到外面。温泉山庄门口，立着一个巨大的广告牌，上面列出了这温泉水中所含稀有矿物质的成分，并说这泉水有治疗风湿、皮肤病与美容的功效，我望望正掩入暮色的山林，想起那些在温泉边治病的人们。他们相信温泉无所不能的功效，是因为传说的魔力，而这个广告牌上的文字，是一个权威医疗机构的鉴定结果，是真正的科学，当然，走近这科学的大门，你需要很多的金钱。

作为庆典活动的一个组成部分，晚会开始了。十多个歌舞节目过后，焰火在浓重山影的背景下升起来，带着尖利的啸声，在星空下灿烂地迸散，并掩去了星空。晚会的后半段是交谊舞会，脱去了演出服的漂亮女演员穿梭在一个又一个领导的双臂之间。

我去外面的马路上散步，夜色清凉，永恒的星星又布满了天空，山沉沉睡去，我不知道山上温泉边上的人是否也有山一样踏实的睡眠。

一个地方无论远近，要么你从来不去，一旦去过一次，就好像订立了一个合同，就会不断去与它相会。我与这个温泉也是一样。真的，过去我连听也没有听说过这个温泉的名字。但自打有了第一次的相会，往后的几年里，我总会经过这个地方。不是专门去这个地方，但总是在去一个什么地方时经过这里。有些时候，我们停下来，用附近山崖上飞泻而下的山泉擦洗干净汽车，再在温泉山庄的露天泳池里把自己洗得干干净净。温泉浴让人胃口大开，所以，日益多起来的餐馆的生意看起来都很不错。有些时候，车子就从温泉山庄旁飞驰而过。即便那样，也可以看到，围绕着这个温泉山庄，盖起了一幢又一幢说不上好看，但也说不上难看的小楼，不几年，温泉山庄这里俨然是一个繁华的小镇了。后来，镇子上还建起了一个矿泉水厂，这一路的商店里，都有这个厂的产品出售。

有一天，我坐在车里，与同行的人惊叹这个因旅游而勃兴的小镇的变化时，突然想起了我童年的朋友贤巴。想起了他想开发的那个更加美丽的温泉。那个温泉旁有一座赭红色的岩峰，有宽广的草原，那美丽的景色会使那里的温泉旅游更容易开展。这次，我是跟一个纪录片摄制组一起出行的。我是向导也是顾问，我拿出地图，告诉导演，将增加一段重要的行程。他问我为什么？

我说："一个温泉。"

他看了看我："温泉？"

我点点头："温泉。"

导演说："他妈的，温泉。也许你是有道理的吧。"

我笑了。

导演也笑了，说："我觉得你总是有道理的。"

其实，我也早就意识到了这一点。当我意识到这一点的时候，我便拿起了笔，在小说里讲我那些大多数人觉得没有道理的事情。当我写得有些名气的时候，我不用再为那些个橱窗拍摄或张贴照片了。

两天以后，我们因为下雨，滞留在一个县城里。导演因为预算在门口皱着眉头看天，我躺在床上，百无聊赖中拿起了床头上的电话。我要了一个114，查到了草原县政府的电话。

电话打到了县政府办公室。我没有说要找贤巴县长。我只说想打听一下他们那里温泉旅游的情况。

对方有些警惕："你是干什么的？"

我报了一个旅行社的名字："听说了贵县草原很漂亮，还有温泉。"

对方松了一口气，告诉了我一个电话号码。

电话通了："你好，某某县旅游局。"

我说，想打听一下贵县的旅游资源的开发情况。

"哪一方面？"

"比如……温泉。"

对方捂住了话筒，过了很久，话筒里才响起了另外一个人的声音："请问你是想投资吗？"这是贤巴的声音！他的声音有些急切。"我们的措娜温泉是一个很好的投资项目。"

我说："对不起，我只是一个想来旅游的游客。"

他没有听出我的声音，"啪"一声把电话扣上了。想来这个野心勃勃的家伙的日子不是十分好过。那个成功开发了那个温泉山庄的人，当时是一个副县长，现在提拔为县长了。最近又出国考察意大利旅游，人们说回来定还要升迁。但贤巴却待在旅游局里等待投资商的电话。好像，他的屁股被粘在县长的椅子上再动不了了。

十天后，我们的汽车爬出最后一道峡谷，开阔的草原展现在眼前。

当天下午，我们就来到了措娜温泉。赭红色的石头山峰耸立在蓝天下面，耸立在宽广美丽的草原中央。但是，当温泉出现在眼前时，我大吃一惊，摄制组的人都大失所望。因为我向他们反复描述，同时也在反复重温的温泉美景已经不复存在了。溪流串连起来的一个个闪闪发光的小湖泊消失了。草地失去了生气，草地中那些长满灰白色与铁红色苔藓的砾石原来都向那些小湖汇聚，现在也失去了依凭。

温泉上，是一些零落的水泥房子。

这些房子盖起来最多五六年时间，但是，墙上的灰皮大块脱落，门前的台阶中长出了荒草，开裂的木门歪歪斜斜，破败得好像荒废了数十年的老房子。随便走近一间屋子，里面的空间都很窄小，靠墙的木头长椅开始腐烂，占去大半个房间的是陷在地下的水泥池子，那些粗糙的池壁也开始脱皮。腐烂，腐烂，一切都在这里腐烂，连空气都带着正在腐烂的味道。水流出破房子，使外面那些揭去了草皮的地方变成了一片陷脚的泥潭。

再往上走，温泉刚露头的那个地方被一道高大的环形墙围了起来。从一道石阶上去，原来泉眼被直接围在了一个露天大泳池中间。泳池四周是环形的体育场看台一样的台阶。同来的摄像师失望地放下了扛在肩头的机器，骂了句什么，在水泥台子上坐了下来。

大家都骂了句什么。

我却突然想到了古罗马的浴场。但这里没有漂亮的大理石，没有精美的雕刻。有的只是正在开裂的水泥池面。所以，这个想法让我哑然失笑。不知是笑自己这奇怪想法，还是笑敢于在这样漂亮的风景上草率造成这样建筑的人。笑过之后，我也在水泥台阶上坐了下来。导演递我一支烟，口气却有些愤愤然："你不是说这儿挺美的吗？什么美丽草原上的珍珠串，什么裸浴的漂亮女人，妈的，你看看这都是什么！"他举着一根曲曲弯弯的柳棍，挑起一条被人丢弃的肮脏的破裤子，然后，又走到水边，用棍子去捅粘在池壁上的油垢与毛发。这些东西，在原来的水池里，很快就在草间，在泥石里分解了。那是自然界中丰富的微生物的功劳。但在这样一个水泥建筑里，微生物失去了生存条件，污垢便越积越多了。

一个更为奇怪的现象是，这里修起这样一片建筑，却不见一个管理人员来打扫，来维护，只有草率的建筑在浓重的硫磺味中日渐腐朽倾圮。这个世界上，如此速朽的东西是有的，但没想到在这里见到了。

我又想到了当年把这个温泉描绘得有如天堂的贡

波斯甲，如果他看到这个景象，那张花脸上会出现什么样的表情呢？不会了。那个时候，他就哀叹过，每一个人都给固定在了一个狭小的地方，失去了四处走动的自由，那个温泉是要让人忘记了。事实也正如他所说的那样。但他肯定想不到，贤巴会成为县长，更想不到县长贤巴想靠温泉挣钱，却把这个温泉给毁掉了。

我们坐在这片基本已被毁弃的建筑旁的草坡上，默然无语。这时，在下面的山脚下，出现了两个行路的人。温泉流过那些破败的房子，又从简易公路下穿过，在沟底的灌木丛中潴积起来，形成了一个小小的湖泊。这两个路人在那里停下来，脱下衣服走进水里洗了起来。我们与之相隔很远，但从姿态上仍可以看出是一个男人和一个女人。大家都掩蔽着自己引颈长望，看得出来是希望水里发生点什么故事。但是故事没有发生。两个人洗了一通，上岸穿好衣服，背上包又迈开草原牧民那种有些罗圈的步子上路了。

我跑到山下，站到那汪水边，用手试试水温，才发现，到这里，水的热度差不多已经散失殆尽了。但是，岸边的草地，一丛丛小叶杜鹃，使这小湖显得那么漂亮。我们在这个湖岸边坐下来，摄像打开了机器。这时，上方的公路上响起汽车的刹车声，然后，大片的尘土从斜坡上漫卷而下。尘土散尽后，一干人站在公路上，叫我们上去说话。

我们上去了。

叫我们说话的人是乡政府的人。他们气势汹汹地盘问我们来此采访得到了谁的批准。我告诉他们我们拍纪录片，不是新闻采访。

他们不认为这两者之间有什么分别。其实，他们就是不同意我们拍这个温泉。

把一个本来美丽的地方变成这个样子确实不是什么光彩的事情。我有些愤怒地告诉他们，我们要拍摄的都是一些美丽的镜头，这样的景象怎么能入我们的镜象？

对方还问："那为什么待在这里，而且一待就是两三个小时？"

我说：我来过这里，这里曾经是一个美丽的地方，在很多人的记忆里，这里都是一个美丽的地方，我待在这里是想不通这个地方怎么被糟踏成了这个样子。那次还是你们的贤巴县长请我来的。

他们中的一个人想起了我："对，对，你跟两个姑娘……对对，哈哈，对对，哈，跟她们两个，好好，请到乡政府去吧，我们通知贤巴县长，也许他会来看你。好像你们是老乡，对吧？"

我们在乡政府安顿下来，还有丰盛的饭菜。但一种戒备的气氛却在四周弥漫。吃饭的时候，我笑着对乡长说："我感觉有被软禁起来的味道。"

乡长笑笑，没有说话。

最后还是我忍不住问他那温泉怎么弄成了这么一副模样？他想了想，灌下一口酒："哎，你还是问你的朋友吧。他一会儿就要到了。不过，你最好不要提这档子事，这是他的心病，也不知什么时候能够治好了！"

我们出去散步的时候，乡长又叹口气说："我在这里代人受过，旅游没有搞起来，温泉被毁成那样，老百姓把我骂死了。"

我问他这个项目是不是贤巴主持开发的。

乡长说："那还能是谁，旅游局是他一手组建的。这也是旅游局开张做的第一件事情。"

"那也不该糟踏成这个样子。"

乡长苦着脸说："反正就成了这个样子，县里花了钱，我们乡里这些年的一点积蓄也全部投进去，结果呢，外地的游客没有来，当地的老百姓也不来了。等到搞成了这个样子，再出去找投资，人家一看那个地方，唉，什么意思都没有了。我亲自听到一个投资的人说贤巴县长和他的手下人都管不好这样的项目。"

我不想理清这理不清的是非，便向他打听当年那两个姑娘。

乡长说："都不在了，教书的那个，什么都不要跑了，听说去了深圳，在一个民俗村里表演歌舞。供销社那个，辞了职跟一个药材商人做生意去了，"他有些难看地笑了笑，"你看，我们这些地方再不发展，什么人都留不住了。"

我好像不需要到这里来听这样的道理。两个人转到兽医站，两个兽医正在院子里忙活，一个用铁碾子碾药，一个用带压力计的压力锅蒸馏柏树皮。过去曾有一位深谙医道的僧人在这里研制出好几种效力很好的兽用药。我一问，这两个人正在用这位去世高人留下的验方制造兽药。我坐下来，听两个兽医给我说一个个方子中用些什么药草。他们说出一味药来，我立即便想起这些药草开着花结着果的样子来，其中一味药叫龙胆草，就开着蓝色的花朵摇摇晃晃，在我们的身边。正说话时，有人来通报乡长，贤巴县长从县上赶来了。乡长赶紧起身，我觉得自己没有这样的必要，仍然坐在那里与两个兽医交谈。

乡长走了。两个兽医却表情漠然。他们搬来自己整理出的一部药典。药典用的全是寺院抄写经文所用的又厚又韧的手工纸，每一个药方中，都夹进了所有药草的标本。他们说，这是那个老僧人留下来的。老僧人的遗愿之一，就是建一个现代化的兽药工厂。但是，县里没有人过问这样的事情，只有商人来愿意出一笔巨资买走这本药典。我翻看那部药典，里面夹着的一株株标本，散发出植物的清香。

就在这时，院子外面响起了一个人响亮的笑声。这笑声有点先声夺人的效果，如果是在戏剧舞台上，那就表示一个重要人物要出场了。果然，披着呢子大衣的贤巴县长宽大的身子出现在兽医站窄小的院门口，他的身子差不多把整个院门都塞满了。他站在那里，继续笑着，我们有些默然也有些漠然地看着他好一阵子，他才走进院子里来，跟两个站起来的兽医握手，说："辛苦了，辛苦了。"

两个兽医握了手，站在那里无所适从，恰好压力锅内压力达到预设高度，像汽笛一样嘶叫起来。两个兽医趁机走开，忙活自己的事情去了。贤巴紧拉住我的手说："怎么，来了这里也不向老乡报个到，怕我不管饭吗？"

他这么做有些出乎我的意料。本来，我以为他会为了把温泉糟踏成这个样子而有些惭愧，但他没有。那个刚才还牢骚满腹的乡长又满脸堆笑跟在他后面，贤巴不等我说话，便转过身去问乡长："你没有慢待我的朋友吧？"

乡长说："都安排了，安排了。"

"你的乡长很尽职，他们把温泉看得严严实实的，根本不让人接近。"

贤巴拍拍我的肩："我的好老乡，你不知道管一个县有多难，温泉开发在经济上交了一点学费，但是，我常常说，作为一级政府，为官一方，我们不能把眼光只放在这么一个小的问题上。"他耸耸肩膀，往下滑落的大衣又好好地披在了身上，他再开口，便完全是开会作报告的腔调了。他说："你看到没有，我们因陋就简盖起来的温泉浴室，虽然经济回报没有达到预期，但是，这种男女分隔的办法，改变了落后的习惯，所以，我们应该看到移风易俗的巨大作用。我们很多同志只把眼光放在经济效益上，而看不到这种改变落后习俗的方式，对于精神文明建设的作用。而且，如果用长远的眼光看问题，改变落后的生活方式，也是改变投资的软环境，投资终究会搞起来的。"

我本来是想劝劝他，为了温泉，或者为了少年时代我们对这个温泉共同的美好想象，可他像作报告一样把话说到这个分上，我的嘴也就懒得张开了。我不是官员，但按流行的话来说，我一直生活在体制内，遇到像这样夸夸其谈，谎话连篇的大小官员是很寻常的事情，不应该感到大惊小怪。也许是因为这个温泉，也许是因为我们共同的少年时代，我才希望他至少有一点痛悔的表示。

也许这些自欺欺人的谎话也是刚刚涌到他嘴边，于是，他有些灰暗的脸上泛起了光芒，他撇开我，把身子转向乡里的干部。他的眼睛闪烁着激越的光彩，声调却痛心疾首："是的，温泉开发不是十分成功，遇到了一些问题，资金的问题，改变农牧民落后的风俗的问题，可是，这些都不是最主要的问题，最大的问题是保守。改革开放这么多年，温泉躺在这里这么多年了，没有人想过要做点什么。也没有人说过什么。我做了，调查的人来了，风言风语也跟着来了，县长选举时也不投我的票了，可就是没有人想一想他正面的意义！"

到底是做了这么些年的官员，我看他一番话说得下面这些人都有些激动了。也就是从今天开始，这个因温泉而失意的官员，要把自己打扮成一个改革先驱，一个勇探雷区的牺牲者了。

我不想听这种振振有词的混账话，我来这里，是为了我少年时代构成的自由与浪漫图景的遥远的温泉。穿过很多时间，穿过很宽阔的空间，我来到了这里，来寻找想象中天国般的美景。结果，这个温泉被同样无数次憧憬与想象过措娜温泉美景的家伙的野心给毁掉了。

他用野蛮的水泥块，用腐朽的木头，把这一切都给毁掉了。

我离开了那群官员，也离开了我的同伴，把车开到那赭红色岩石的孤山下，又一次去看那眼温泉。太阳正在落山，气温急剧变化，使一些小旋风陡然而起，把土路上的尘土卷起了，投入到早已面目全非，了无生气的温泉之上。

如果花脸贡波斯甲活到今天，看到温泉今天的样子，看到当年的放羊娃贤巴今天的样子，他会万分惊奇。他会想不明白，一个人怎么如此轻易地就失去了对美好事物的想象。任何一个有点正常想象力的人，怎么会在一个曾经十分喧闹，也曾经十分落寞的美丽的温泉上堆砌这么多野蛮的水泥，并用那些涂着艳丽油漆的腐朽的木头使晶莹的温泉腐朽。我用常识告诉自己，这水不会腐朽，或者说，当这一切腐朽的东西都因腐朽而从这个世界消失了踪迹时，水又会汩汩地带着来自地下的热力翻涌而出。但是，那样一个漫长的过程，不再属于我们这些总是试图在这个世界上留下些什么痕迹的短促生命。

在故乡的热泉边上，花脸贡波斯甲给了我们一种美好的向往，对一种风景的向往，对一种业已消逝的生活方式的浪漫想象。那时候，我们不能随意在大地上行走，所以，那种想象是对行走的渴望。当我们可以自由行走时，这也变成了一种对过去时代的诗意想象。

也许，像贤巴这样的人，最早看穿了这些想象的虚妄，于是，他便来亲手摧毁了产生这一切想象的源泉。

我坐下来，望着眼前颓败的风景，恍然看见家乡热泉边的开花的野樱桃，看到了花脸贡波斯甲，而我不再是一个孩子了，我是一个曾经与他浪游四方的风流汉子，他临死的时候曾经嘱托我告诉他温泉今天的消息。于是，我听见自己说："伙计，什么都没有了，我们的儿子把它毁掉了。"

他不问我为什么。我知道他有些难过。

但他没有血肉的头颅闭不上双眼，于是，他的难过更加厉害了。我感到天都跟着暗了一下。结果，那个我亲手放上树去的头颅便从树上跌落下来。那些头骨早已在风中朽蚀多年了。跌到地上，连点响声都没有便成为了粉末，然后，一缕叹息一样的青烟升起来，又像一声叹息一样消散了。

宝　刀

一

我从乡下回城里，登上长途班车，看见一个熟悉的身影。事情就这样开始了。那人是我和妻子韩月在民族学院的同学，是个藏汉混血儿，名字叫做刘晋藏，而且，他还是韩月的初恋情人。

都说，女人永远不会忘记初恋情人，韩月是不是时常想起刘晋藏，我没有问过，我倒是一直想忘记这个人。我想就当没看见他，不想他却对我露出了灿烂的笑容。他的手热情有力，就像亲密朋友多年不见。

其实，我们之间并不存在什么亲密关系。读书时，我们不在一个系。虽然同是一个地方出去的，但他老子在军分区有相当职位，我跟这种人掺和不到一块。刘晋藏身上带着干部子弟常有的那种对什么都满不在乎的做派：有钱下馆子喝酒，频繁地变换女朋友，在社会上有些不正经的三朋四友。好多不错的女同学却都喜欢他们，韩月就是那些女同学中的一个。我知道韩月，是我们班上一个女同学为了刘晋藏跟她在咖啡屋厮扯了一番，韩月因为被扯掉一绺头发成了爱情上的胜利者。她跟刘晋藏的事比他那些前任女友更轰轰烈烈。直到快毕业时，刘晋藏因为卷进一件倒卖文物案被拘留。后来靠他当政委的父亲活动，没有判刑，学籍却被开除了。

韩月在民族学院里是少数民族，汉族，常常在联欢会上弹一段琵琶。关于她，在学校里我就知道这么多。也是因为刘晋藏是出风头的人物，她也连带着有些知名度。

我跟韩月是在一起分配到这个自治州政府所在地小城时认识的。

刚刚到达小城的那天，在刺眼的骄阳下走下蒙满尘土的长途汽车，我才认出头上一直蒙着红纱巾的姑娘竟是学院里的风流人物。她提着一只很大的皮箱，整个身子都为了和那只皮箱保持平衡而扭曲了。我从她手里接过了箱子，她道了谢。我问："里面有你的琵琶吗？"

"我以为到了一个人也不认识的地方。"她说。

我们就这样正式认识了。

两年后，她成了我的妻子。我没有提过刘晋藏，她当然不会以为我不知道那个人。

现在，这个人却出现在我的面前。穿着新潮但长时间没有替换的衣服，还是像过去一样，说起话来高声大嗓。他拉住我的手，热烈地摇晃："老同学，混得不错吧，当科长还是局长了？"

"坐这种车会是什么长？看来，你的生意也不怎么样，不然，也该有自己的车了。"

他很爽朗地说："是啊，目前是这样，但这种情况马上就要改变了。"他说，这次重回故地，是来找一个项目，有港商答应只要他找到项目，就立即投资，交给他来经营管理。他十分大气地拍拍我的肩膀，说："怎么样，到时候来帮忙，大家一起干吧！"这一路，刘晋藏都在谈生意。车窗外掠过一道瀑布，他就说办旅行社。看到开花的野樱桃，他想办野生果品厂。讨野菜的女人们坐在路边树荫下，他又要从事绿色食品开发与出口。我不相信他会办成其中任何一件，却佩服他这么些年来，一事无成，脑子里却能像冒气泡一样冒出那么多想法，而且还能为每一个想法激动不已。

最后，他从腰里摸出了一把古董级的藏刀，让我猜猜有多少年头。想起他曾涉嫌文物案，我说："这才是你此行的目的。"

他否认了，说："第一是找项目，顺便收购了一两把有年头的藏刀。"

我问一把刀能赚多少，他说纯粹是为了收藏。他还给我讲了些判定藏刀年代与工艺的知识，这使我感到多少有些兴趣。

突然，他搂住了我的肩膀："这回，我们是真正的朋友了。"

弄得我身上起了点疙瘩。

到了目的地，该分手时，他却说："不请我到你家去看看吗？"

他是讨厌的，又是不可抗拒的。

韩月打开门，看见旧情人一下站在面前，十分慌张。平时，她心里如何我不知道，外表上总是从容镇静的。就连我跟她第一次亲吻，她也在中间找到一个间隙，平静地对我说："你不会说我欺骗你，因为你了解我的过去……"倒是我急急忙忙用嘴唇把她下面的话堵了回去。第一次上床时也是一样，我手忙脚乱地进去了，她依然找到间隙说："现在你知道我不是……"我又用嘴唇把她下半句话堵了回去。

女主人举措失常，空洞的眼神散失在灯光下。倒是客人落落大方，他频频举杯祝酒，每次都有得体的祝辞。到后来，酒与祝辞的共同作用消除了这对旧情人相会带给我的痛楚。刘晋藏虽然在这个小城出生，但他在军分区当官的父亲已经离休，到省城去安度晚年了。他说："我在这里没有朋友，就是老头子在，我也不去找他。"

　　这一来，我们就非收容他不可了。

　　这个小城，是中西部省份的西部，一个让人不愿久待的地方。人员流失带来一个优点，住房不紧张。结婚后，单位分给韩月的房子就一直空在那里，还保留着她单身时的家具，床铺，锅碗瓢盆。我把刘晋藏送去那边，天上挂着一轮很大的月亮。他突然问我："朋友，告诉我，你有过几个女人？"

　　我不明白他问我这话是什么意思，也不愿意实打实地回答他，迄今为止只有韩月一个。

　　"你至少有三个女人，不然，你不会看着我跟韩月会面，还这么大度，"进了屋，他在床上坐下，拍拍枕头，"这里肯定是你平时约情人的地方。"

　　我差点说这是韩月的房子，韩月的床，但这话终于没有出口。

　　刘晋藏从包里取出了几把藏刀。在车上，他只给我看了其中一把。现在，他把这些刀取出来，轻手轻脚，像是从襁褓里抱出熟睡的婴儿。他把墙上挂着的几幅画取下来，把刀子挂上去，说，入睡前看着这些刀子，心里会踏实一些，他说："也许，我还能梦见一把更好的刀。"

韩月很快就恢复了正常，对待旧日情人，完全像对我那些喝酒吃肉的朋友一样，不温不火。她几乎没有朋友。照她的说法："酒肉朋友，酒肉朋友，我不喝酒，也不喜欢吃肉，怎么会有朋友。"

刘晋藏常来吃饭，来谈他那些多半不会实现的目的。越来越多的时候，是谈他的刀子。有时，他消失几天，再出现时，肯定又寻访到一把有年头的好刀。在这个初春，在山间各种花朵次第开放的季节，我见过的好刀，比我三十年来所见过的都多。我学会了把刀从鞘中抽出来，试试锋刃，看看过去不知名的杰出匠人在刀身上留下的绝不重复的特殊标记。

二

我是独子，父母去世后，舅舅就是直系亲属中最近的亲人了。他出了家，一直在老家一座规模不大，据说又是非有不可的小庙里修行。这些年，有时也到小城后边山上的大寺庙挂单。舅舅在喇嘛中算是旁门左道，虽然给释迦牟尼佛上香磕头，却不通一部最基本的佛典。他通的是咒魔之术，有相当的功力，在我们这个地方有相当名气。

刘晋藏想和我舅舅交个朋友。

见面的那天，刘晋藏提了两瓶酒，喇嘛舅舅笑眯眯地收下了。他既然被人看成了左道旁门，有时，把脸喝得红红地坐在屋外晒太阳，也不会有人大惊小怪。舅舅并不因为喝了别人的酒而放弃原则，他说："侄子的朋友不能做我的朋友，最多也就跟我侄子一样。"

刘晋藏很扫兴，悻悻地走下寺庙前灰色的石阶。

舅舅叫住我说："你的朋友一身刀光。"

我身上寒凛凛地，像是自己也被一身刀光裹住了。

舅舅却又安慰我说，不要紧的，那些刀子都已经过劫数，只是刀子本身，不再带有刀子的使命和人的仇恨与野心了。

我追上刘晋藏，把舅舅的话告诉了他。他没有说什么，而是带我去看他的收藏。他叫我在床边坐下，脸上升起一种近乎庄严的神情，说："好吧，看看我们的刀子吧。"他从床下拉出一个旧纸箱，从中拿出一只塌了帮的旧靴子，从靴筒里掏出一把钥匙，打开了上了锁的里屋。正是太阳下落的时候，外面，阳光格外地金黄明亮，屋子里却很晦暗。里屋没有开灯，却被一种幽微的光芒照亮了。我记得韩月住在这里时，她第一次在我面前赤裸身体，我也是这样的感觉，觉得整个世界都笼罩着静谧而幽深的光芒。刀子错错落落地挂在一面墙上，却给人一种满屋都是刀子的感觉。

他送我出来时，投在身上的是路灯光芒，却有一轮月亮挂在天上。刘晋藏说："你该给州长热线打个电话，建议有月亮的晚上不要给路灯送电。"

我说："就是不搞项目，你也狠赚了一笔。"

刘晋藏自得地一笑，说："也可以算是一个收藏家了。"他好像在不经意间，就有了那么多收藏。我知道他那些收藏的价值，那几乎可以概括出这一城区的历史、工艺史、冶炼史。

以至于有一天，刚从床上醒来，我便说：刀。

刀，这个词多么简洁，声音还没有出口，眼前便有道锋利刃口上一掠而过的光芒，像一线尖锐而清晰的痛楚。韩月替我翻了析梦的书，里面没有一句提到刀子的话。把书放回架上时，她才恍然说："你是醒了才说的，不是梦嘛。"

我说："是半梦半醒之间。"

她笑了："是不是看上你朋友的收藏了？"

我嘴里说，哪里呀，心里却怀疑这可能是真的。

刀，我恍然间说出了这个字眼。它是那么锋利，从心上划过许久，才叫人感到一丝带着甘甜味道的痛楚。

中午，我没有回家，打电话把刘晋藏约出来，坐在人民剧场门口露天茶园的太阳伞下，就着奶酪喝扎啤。

我把那个字眼如何扎痛我的告诉了他，并准备受到嘲弄。

他只是一本正经地问："你是不是真的说了它，刀。"

"是。"

"是不是就只单单一个字：刀。"

"是。"

他猛拍一下手掌，他黑红的脸慢慢变白了，压低了声音："走，我们去找你喇嘛舅舅。"刚才还没有一丝云彩的天空飘来了大团乌云，云中几团闷雷滚过，豆大的雨水便噼噼啪啪落下来了，水雾带着尘土四处飞溅，这是高原的夏天里常常出现的天气。不一会儿，云收雨止，我们便向舅舅挂单的山坡上的喇嘛庙走去。庙前的石阶平常都是灰色的，雨水一浸，显出了滋润的赭红。踩在这样的石阶上步步登高，从日常的庸碌中超越而出的感觉油然而生。我把这感觉说给刘晋藏，他说："小意思。"

小意思是什么意思。

舅舅不在，庙里的主持说，最近，这个人在禅理上有些心得，回山里小庙静修去了。

夏天里的太阳光那么强烈，我跟刘晋藏坐在石阶上，水汽蒸腾而起，渗入到骨头里去了，人有些恍恍惚惚。石阶上红色慢慢褪去，眼前的万物都要被炽烈的阳光变成同一种颜色，一种刀锋光芒映照下的颜色。再下面一点，是不大，但却拥挤、喧闹的城市，街道上的车流与人流，使这个平躺着的城市，在眼前旋转起来了。我听见自己突然问刘晋藏："你那些刀子值好多钱？"

他笑了，说："我也不晓得具体值到多少，但肯定是很大的一笔。"

他还说，每把刀子都有个来历。

但我对那些故事不感兴趣。

"你可以没有兴趣，但我必须感兴趣，不然，这些刀子的拥有者，不会把刀子给我的，就是高价也不行，何况我还出不起多高的价钱。"

我喉咙深处发出了点声音，但连自己也没听清楚。

刘晋藏说："我送你其中八把刀子的故事，你写一本小说，关于刀的小说，不就成家了。"

我说："还差一篇，要九篇。"

九篇故事才能合成一本书，才符合我们民族的宇宙观，才是一种能够包容一切，预示无限的形式。我们共同认定，要写一本书，就要在形式上与这种观念相契合。突然，我眼前一亮，知道刘晋藏要说什么了。果然，他说："另外一篇刀子的故事，就要产生了，来找你舅舅就是为了这个。"

于是，我把刘晋藏搭在摩托后面，往山里去了。

三

山里，有一个小小的幽静的村子，是我的老家。

舅舅主持的小庙在村子对面的山腰。

一年四季有大多数早晨，这座寺庙都隐在白色的雾气中间。庙子上方是牧场，再往上，便是山峰顶着永远的雪冠。庙子下面，是一堵壁立的红色悬崖。悬崖下面一个幽幽的深潭，潭边，是村子和包围着村子的麦田。村子里的每一天都是从女人们到泉边取水开始的。取水的女人装满了水桶，直起腰来，看见隐着寺庙的一团白雾，便说，今天是个好天。好天就是晴天。

我们是晚上到的，早上，还没有起床，就听见取水回来的侄女说："今天是个好天。"

好天，可以上山去庙里。要是阴天上去，可能被雷电所伤。

我俩立即动身，出村的路上，一路碰见取水姑娘，她们都对陌生人露出灿烂的笑容。出了村子，一声声清脆的鸟鸣响在四周，硕大冰凉的露水落在脚面上，鞋子很快就湿透了。走到悬崖下仰望庙子的金顶时，我的眼皮嘣嘣地跳了几下，因为这个，我不想上去了。刘晋藏推我一把："你不是不信迷信吗？"

我说："那是在城里，现在是在乡下。"

"这里跟那里不一样，是吧。"刘晋藏替我把下半句话说出来，很得意，嚯嚯地笑了。他本来就笑得有些夸张，悬崖把他的笑声回应得更加夸张，嚯，嚯嚯，嚯，嚯嚯嚯，听这笑声，就知道他比我还信民间这些莫名其妙的禁忌，至少从他开始收罗刀子，听了些离奇的故事以后，就超过我迷信的程度了。上山的路紧贴着悬崖，有些很明显的阶梯，还有好多葛藤可以攀援。快到悬崖顶上时，路突然折向悬崖中间。整座悬崖是红色的，脚下的路却是一线深黑色，在红色岩石中间奋力向上蜿蜒。我听过这条路的传说。过去它是隐在红色岩石里面的，没有现形。那座小庙现在的位置上，是一对活生生的金羊。作为一个蒙昧而美好时代的标志，金羊背弃了森林里的藏族人，不知到什么地方去了。金山羊走后，夏天的炸雷便一次次粉碎高处的岩石，直到把这条黑色的带子剥离出来。原来，这是一条被困的龙。当它就要挣脱束缚时，村里人建起那座寺庙镇住了它。小时候，我仰望崖顶上那个世界，总是看见一个喇嘛赶着一小群羊上了寺后的草坡，那人就是我出了家的舅舅。我问过舅舅，这是一条好龙还是一条恶龙。舅舅说，他也不知道，他只知道师父教给他的咒术与秘法，要永远地镇住它。

也是我小时候，一个地质队来到村里，离开时，开了一个会给大家破除迷信，说，整座悬崖都是铁矿，而那条黑色的龙不是龙，是石头里面有更多的铁，更多的和周围的铁不一样的铁。

放着一群羊的喇嘛那时还年轻，说："既然崖石上的红色是铁，那条路怎么没有变成更红的颜色，红得就像现在的中国？"

好心的翻译没把这句话翻过去，所以，没有得到更明确的回答。

舅舅又说："是一条龙，叫我们的庙子镇住了。"

这句话翻过去了。得到的回答是,那不是科学,今天,科学已经把迷信破除了。地质队离开后,村里人说,科学回他们自己的地方去了,迷信还在老地方。

想着这些事情,我们登上了崖顶。

舅舅静静地坐在庙前,额头上亮闪闪的是早晨的阳光。

舅舅说:"看来有什么事要发生,这里也该有点什么事情发生了。你们来了,肯定有什么事情要发生了。"

老喇嘛有些故作神秘,看刘晋藏的样子,他也有了神秘的感觉,想来是收藏了几把尘缘已尽的刀子的缘故吧。我要是也那样,就显得做作了,于是开口说:"我的朋友专门来请教你,我为什么会说那个字。"

舅舅问:"什么字?"

刘晋藏抢在了前面,说:"刀。"随着那个字出口,一种庄严而崇敬的感情浮上了他鼻梁很高、颧骨很高的脸,这个混血儿,长了一张综合了汉族人与藏族人优点的脸。

我又被那个字眼的刃口划伤了,虽然,我说不出来伤在心头还是伤在身上。看看天空,阳光蜂拥而来,都是刀刃上锋利的光芒。

悬崖下面,我出生的小村子沉浸在蓝色的风岚里。

注视着这片幽深的蓝色，还没有离开这个村子，还没有接触到外面世界的那些感觉又复活了。那种感觉里的世界是一个神秘世界，天界里有神灵，森林里有林妖，悬崖顶上曾经有一对金羊，金羊走后，那条黑色的龙就显形了，这座不起眼的小庙将其镇住了整整八百余年。

舅舅好像没有听懂我们的问题，对刘晋藏说："你那些刀，尘劫已尽了。"

这时，庙里鼓声大作，一场法事开始了。舅舅说："我请来了不少帮手呢，脚下这家伙，最近动静大得很，我要进去做法事了。"

我对着喇嘛舅舅的背影喊了一声。

他回过头来，说："你们两个俗人回村里吧，这条龙怕是要显形了。"

他一挥手，红衣喇嘛们奏起了威武的音乐，高亢的唢呐声和沉闷的鼓声把我的声音压下去了，连我自己都没有听清楚自己又喊了句什么。

走在黑色矿脉上，我觉得像是在刀背上行走一样。

下了山，两人坐在深潭边喘气，刘晋藏说："这一切跟刀有什么关系？"

"是啊，跟我们想知道的事有什么关系？"

"你他妈是不是真正说了那个字？"

"日他妈现在心头还有被划破了皮又没有见血的感觉。"

刘晋藏把一段枯枝投进水里，圆形的涟漪一圈圈荡开，水里的天空摇晃起来，水里倒立着的悬崖也晃动起来。在水里，悬崖上的黑色矿脉也是向下的，一动起来，就真的是一条龙了，头，就冲着我们，张嘴的地方，让人看到了很幽深的喉咙，恍然间，龙大张着嘴对着更加幽深的潭底叫了一声。它是冲着水底叫的，但隆隆的响声却来自我们背后的天空。抬头看天，只听见从崖顶的小庙里传来了咚咚的鼓声和凄厉的唢呐声。我们都没有问对方是否听见了龙吟，我跟他都不是要把自己弄得十分敏感的那种人。

村子里还是寻常景象。鸡站在篱墙上，猪躺在圈里，姑娘们坐在核桃树荫下面，铁匠铺里，叮叮咣咣，传来打铁的声响。这才是真实的生活，这才是真正的人生的景象。走到铁匠铺门口时，回头望望悬崖上那道虬曲的黑色矿脉，我说："我们是中了什么邪了？"

刘晋藏说："回去，找个买主，把那些刀子出手算了。"

"发了财可要请吃饭。"

刘晋藏说这没有问题，他还要我答应让他给韩月买点时装或者首饰，说跟她耍朋友时，穷，连件像样的东西都没有送过她。

我笑笑，觉得脸上皮肤发紧，嘴里还是说："行啊，只要不是订婚戒指。"

"要是呢？"他问，脸上是开玩笑的表情，又好像并不完全是。

我换了很认真的表情，说："按这里的方式，我只好杀了你。"

"你还是个野蛮人。"

"好好感受一下这里的气氛，就知道我说的不是假话。"

走进铁匠铺，那个早年风流的铁匠围着一张皮围裙，壮硕的身子已经枯了，一粒粒脊骨像要破皮而出。

他抬头看我一眼，就像我从来没有离开过村子，就像我们昨天刚刚分手一样，说："小子过来，帮我拉拉风箱。"

风箱还是当年的那只，连暗红色的樱桃木把也还是当年的，只不过已经磨得很细了，却比原来更加温暖光滑。风箱啪嗒啪嗒地响起来，铁匠历历可数的肋条下，两片肺叶牵动着，我差点以为，那是由我的手拉动的，老头笑了："我知道你小子想的是什么，你不要可怜我，"他搓搓手，两只粗糙的手发出沙沙的响声，"我这副身板还要活些时候呢。"

铁匠不是本村人。在过去，也就是几十年前，手艺人从来就不会待在一个地方。他到这个村子时，共产党也到了。共产党为每个人都安排一个固定的地方，铁匠就留在了这个村子。也就是从那一天起，他就不再是专业的铁匠了。过去，手艺人四处流动，除了他们有一颗流浪的心，还因为只有这样，才能找到足够的工作。平措没有生疏铁匠手艺，又学会了所有的农活，成了孩子们最喜欢的人，我也是这些孩子中的一个。他没有家，却宣称自己有许多孩子，他找我舅舅用藏文，找村小老师用汉文写了不少信给不同地方的女人，信里都是一个内容，告诉这些女人，要是生下了他的儿子，就在什么地方来见他，他要为这些儿子每人打一把佩刀。许多年过去了，没有一个儿子来看他，他也没有打过一把真正的男人的佩刀。他打的刀都是用来砍柴、割草、切菜，没有一把像模像样的男人的佩刀。他说还要活些时候，我想，他是还没有死心，还在等儿子来找他。

我用力拉动风箱，幽蓝的火苗从炉子中间升起来。我问："平措师傅还在等儿子吗？"

他看看刘晋藏，笑了："我还以为你给我带儿子来了呢。"

他从红炉里夹出烧得通红的铁，那铁经过两三次煅打，已经有点形状了。他拿着铁锤敲打起来，叮咣，叮咣！像是要打一把锄头，接着，他把锤子一偏，柔软的铁块又煅打成扁长的东西，那就是一把刀子的雏型了。我朋友的目光给牢牢地拴在了正在成形的铁块上。铁匠手里的锤子又改变了落点，铁块又回复到刚出炉时那什么都不是的样子了。

刘晋藏吁出一口长气："平措师傅不是要打一把刀吗，怎么不打了。"

铁匠气咻咻地说："我都不知道自己要干什么，你怎么能知道？"

刘晋藏眼里闪出了狂热的神情，说："我有好多最漂亮的刀子，你给我再打一把，我配得到你的刀子。"

铁匠却转脸对我说："你的朋友很有意思。封炉吧。"

我像小时候一样，替他做了差事，脸上还带着受宠若惊的表情。锁好铺子门，他说，有人送了他一坛新酿的酒。我知道，这就是寂寞的老铁匠的邀请了。老铁匠还从别人家里讨来一些新鲜的蜂蜜。

这天，我们都醉了。

我和刘晋藏不停地说着刀，刀子。

夕阳西下，庙子里的鼓和唢呐又响起来。红色悬崖隐入浓重的山影中，黑龙的身影模糊不清了。

铁匠把着我的手说："小子，我流浪四方的时候，真的有过许多女人，也该有几个儿子，他们怎么不来找我？"

"你一定要为儿子打了刀子，才肯给别人打？"

他生气了，说："你小子以为进了城，就比别人聪明吗？"

四

我们起得晚，头天喝得太多了。

我们在泉边洗了脸，绕着村子转了一圈，铁匠铺子落着锁，看来铁匠也醉得不轻。天气很热，是会引来暴雨甚至冰雹的那种热法。两个人嘴里都说该回去了，却把身子躺在核桃树荫下，红色悬崖在阳光照耀下像是抖动的火焰，刘晋藏睡着了。

我似睡非睡，闭着眼，却听见雷电滚动，然后响亮地爆炸，听见硕大的雨点密密麻麻地砸在树叶上，杂沓的脚步噼噼啪啪跑向村外，我都没有睁开眼睛。我迷迷糊糊地想，晴天梦见下雨，于是闭着眼睛问刘晋藏："晴天梦见下雨是什么意思？"

没有人回答。我睁开眼睛，发现他不在身边。阳光照着树上新结的露珠，闪闪发光，崖顶小庙的鼓声停了。村子空空荡荡，见不到一个人影。在铁匠铺铁匠正在给炉子点火，潮湿的煤炭燃烧时散发出浓烈的火药味。铁匠告诉我，雷落在崖顶了。

这有什么稀奇呢，雷落在树上，落在崖上，夏天里的雷，总要落在什么地方。小时候，我还见过雷落在人身上。我对铁匠说："给我朋友打把刀吧。"

铁匠说，"在山里，男人带一把刀是有用处的，你们在城里带一把刀有什么用处？"

如果我说，是为了挂在墙上，每天都看看，铁匠肯定不会理解，何况刘晋藏肯定不会把它们一直挂在墙上。这时，风从红色悬崖下的深潭上吹过来，带来了许多的喧闹声。

铁匠说："小子，还是看热闹去吧。"

我就往热闹的地方去了。在悬崖下沉静的潭水边，人们十分激动，原来是雷落在黑龙头上了。舅舅带着几个喇嘛从山上下来，宣称是他们叫雷落在了龙头上，不然，这恶龙飞起来，世上就有一场劫难了。刘晋藏比喇嘛们更是言之凿凿，他告诉我，当我在核桃树下进入梦乡时，那黑龙便蠢蠢欲动了，这时，晴朗的天空中，飘来了湿润带电的云团，抛下三个炸雷，把孽龙的头炸掉了。

舅舅补充说，被雷炸掉的龙头掉下悬崖，沉到深潭里去了。

眼前，蓝幽幽的潭水深不可测，我对舅舅说，反正没人敢下潭去。舅舅气得浑身哆嗦。这时，刘晋藏脱光了衣服，站在潭边了。这个勇敢的人面对深不可测的潭水，像树叶一样迎风颤抖。借铁匠给的一大口酒壮胆，他牵着一段绳子，通一声跳下了深潭。在姑娘深受刺激的尖叫声里，溅起的水花落定，我的朋友消失在水下。先还看见他双腿在水中一分一合，像一只蛤蟆；后来，除了一圈圈涟漪，就什么都看不见了。过了很久，他突然在对岸的悬崖下露了头，趴在崖石上，猛烈地咳嗽，手里已经没有绳子了。他再一次扎向了潭底，直到人们以为他已做了水下龙宫永久的客人时，才从我们脚边浮了上来。姑娘们又一次像被他占有了一样发出尖厉的叫声。舅舅用一壶烧酒搽遍他全身，才使他暖和过来。他的第一句话是："拉吧，绳子。"

绳子拴着的东西快露出水面时，大家都停下了，一种非常肃穆的气氛笼罩了水面。下面的东西，在靠岸很近的地方又沉下去了。舅舅站在水边很久，下定了决心："请它现身吧！"

男人们发一声喊，那东西就拉上来了。

这东西确实是被雷从黑龙头上打下来的。这块重新凝结的石头失去了原来的坚实，变成了一大块多孔的蜂窝状的东西，很酥脆的样子。

铁匠走上前来，用铁锤轻轻一敲，松脆的蜂巢样的石头并没有解体，却发出钟磬般的声响，铮铮然，在潭水和悬崖之间回荡。

我说："原来是一块铁。"

舅舅不大高兴，狠狠地瞪了我一眼。

铁匠带点讨好的神情对我说："孽障被法力变成了一坨生铁。"

舅舅高兴了，说："它的魂魄已经消散了，成了一块铁，它是你铁匠的了。"

人群慢慢散开了。我跟刘晋藏拿锤子你一下我一下地敲着，听清脆声音在悬崖下回荡。叮咣！叮咣！

舅舅又上山去了。

那块蜂窝状的顽铁很快被我们用大锤敲成了碎块，堆在铁匠铺中央的黄泥地上了。我们坐在铁匠铺门前的空地上，就着生葱吃麦面饼子，望着太阳从山边放射出的夺目光芒，铁匠拿出一个小瓶子，我们又喝了一点解酒的酒。就在这会儿，黑夜降临了，周围山上森林的风声像大群的野兽低声咆哮，气温也开始下降，直到生起炉子，我们才重新暖和过来。这次，铁匠生的是另一口炉子。这口红炉其实是一只与火口直接相通的陶土坩埚。铁匠不要我们插手任何事情。他把砸碎的龙头残骸与火力最强的木炭一层层相间着放进坩埚里，然后，往手心啐一口唾沫，拉动了风箱。幽蓝的火苗一下下蹿起来，啪嗒，啪嗒，好像整个世界都由这只风箱鼓动着，有节律地呼吸。铁匠指着放在墙角的一张毡子说："我要是你们，就会眯上一会儿。"

我不想在这时候，在那么脏的毡子上睡觉，刘晋藏也是一副不情愿的样子。但我们还是在幽暗的墙角，在毡子上躺下了。铁匠仍然端坐不动，一下，一下，拉动风箱，啪嗒，啪嗒，仿佛是他胸腔下那对肺叶扇动的声音。幽蓝的火苗呼呼地蹿动，世界就在这炉火苗照耀着的地方，变得统一谐和，没有许多的分野，乡村与城市，科学与迷信，男人与女人，所有这些界限都消失了，消失了……

等我一睁开眼睛，正看见铁水从炉子下面缓缓淌出来，眼前的一切都被铁水映红了。铁水淌进一个专门的槽子里，发出蛇吐芯子那种咝咝声。炼第二炉铁，是我拉的风箱。铁匠自己在毡子上躺下，很快就睡着了。出第二炉铁水时，天快亮了。清脆的鸟鸣声此起彼伏。铁匠醒来，铁水的红光下，显现出一张非常幸福的脸。

"我梦见儿子了，"他说，"我梦见儿子来看我了。"

刘晋藏蹲在渐渐冷却的铁水旁，说："你用什么给儿子做礼品？"

铁匠看着渐渐黯淡的红色铁块，说："这么多年，我都想梦见儿子的脸，这么多年，每当要看清楚时，就醒来了。"

刘晋藏又一次重复他的问题。

铁匠说："你们出去吧，我要再睡一会儿，我一定要看见儿子的脸。"

五

走出铁匠铺，眼前的情景使我们大吃一惊：全村的人都聚集在铁匠铺外，看他们困倦而又兴奋的神情，看他们头顶上的露水，这些人在这里站了整整一个晚上！

没有人相信我们在铁匠铺里过了一个十分安静的夜晚。他们说，一整夜都从铁匠铺里传来山摇地动的龙吟。

刘晋藏问我知不知道身在何处。我想我不太知道。

他问我相不相信超自然的东西。我想我愿意相信有这种东西。

得知龙头被炼成了生铁，人们把我们当成了英雄，连喇嘛舅舅也用敬畏的眼光看着我。昨夜，他也听到龙吟，受到惊动下山来了。他说，正是我们什么也不信，才把孽龙最后制伏了，而他的法力只够招来雷电。村里人送来了很多酒肉，但我们俩却没有一点胃口。刚刚经历了不可思议的奇迹，马上就像平常一样吃喝肯定有点困难。我们不能享用村里人贡献的东西，使他们感到无所适从。舅舅代表他们说："你俩总该要点什么吧？"那声调已经近乎于乞求。

好个刘晋藏，我被眼前这情景弄得头晕目眩了，他却目光炯炯地盯住了喇嘛腰间的一把佩刀。

确切地说，这只是一只空空的刀鞘，从我记事起，就是喇嘛舅舅的宝贝。喇嘛不准佩刀，舅舅常常脱去袈裟，换上平常的百姓服装，就是为了在腰间悬一把空空的刀鞘。小时候，我问舅舅，鞘中的刀去了什么地方。他声称是插在一个妖魔背心上，被带到另一个世界去了。这是一把纯银的刀鞘。这么些年来，喇嘛舅舅得到什么宝石都镶嵌在上面，几乎没有什么空着的地方了。

刘晋藏的眼光落在他腰上，我对舅舅说："他看上你的宝贝了。"

舅舅呻吟了一声，说："你知道吗，这把刀已经有六百年历史了。"是他把自己看成这一村人的代表，是他代表他们做出一定要向这个藏刀收藏家贡献什么的表情。看着他痛苦地把手伸向腰间，我都开始仇恨自己的朋友了。但这个家伙，做出一点不上心、一点不懂得这刀鞘价值的样子，望着远处什么地方，脸上却忍不住露出了得意的笑容。

他若无其事地接过刀鞘，还是一个劲地傻笑。

舅舅牙疼似的从齿缝挤出了声音："也好，我的尘缘终于完全解除了，谢谢侄儿，谢谢侄儿的朋友。"说完，便走出人群，向红色悬崖走去，回山上的小庙去了。

而刘晋藏竟然说："要是没有刀，这空空的刀鞘恐怕没有什么意思。"

我的拳头重重地落在他脸上。

刘晋藏好半天才坐起来，一点点用青草揩去了脸上的血，缓缓地说："朋友，是为了你韩月还是你舅舅？要不要再来一下，要是你心里摆不平，就再来一下。"他把脸凑过来，他不说，你心里不好受就再来一下，那样的话，我也许会再来一下。可他偏偏说，要是你心里摆不平，就来一下，这样，我连半下也不能来了。

我说："算了，我们该回去了，这里不是你久待的地方。"

结果是，两个人傻坐一阵，又回到铁匠铺里了。

铁匠并不在做梦，他正在炉子上进一步把铁炼熟。这一下午，炉子里换了三种木炭，最后，生铁终于变成了熟铁。冷却后铁泛着蓝光，敲一下，声音响亮。铁匠笑了，说："好铁。"

铁匠抽了两袋烟，望着天空，开始说话了："我们这一行，从来不在一个固定的地方，也就没有一个固定的家，遇到三个走长路的，必定有两个是手艺人。那真是匠人的时代啊！"

六

那天，匠人在我们眼前复活了一个过去了的时代。

我们被铁匠的故事深深吸引住了。

他说，在那个匠人时代，他的父亲就是一个匠人。长大后，他去寻找这个匠人。他母亲说他的父亲是个木匠，但他走进一个铁匠铺讨口热茶喝时，那个铁匠说，天哪，我的儿子找我来了。他也没有过多计较，便让自己做了铁匠的儿子，其实是做了铁匠的徒弟。然后，自己又当了师傅，带着手艺走过一个又一个河谷，一片又一片群山，一路播撒了男欢女爱的种子。最后，他问我们："我好过的那些女人，总不会一个儿子不生吧。"

刘晋藏却问："为什么认铁匠做父亲，你明明知道他不是木匠。"

"那是冬天，炉火边很暖和。"

我和刘晋藏忍不住笑了。

铁匠自己也笑了，但乌云很快又罩住了他的脸，他说："为什么今天这样的时候也不能看见儿子的脸？"

刘晋藏追问："今天这时候是什么时候？"

铁匠想了想说："总归是有点不一般。"

我想安慰一下铁匠："来不来看你，都一样是你的儿子。"

铁匠说："不来看我，怎么会是我的儿子呢。要是我儿子为什么不来看我？"

刘晋藏冷峻地向铁匠指出，他过去是想当匠人才去找父亲，所以，遇到铁匠就再也没有去找那个木匠。现在儿子不来找他是因为，这个世界上再没有一个年轻人想当铁匠，想投入一个正在消亡的行业了。

在此之前，肯定没有人如此直接地向铁匠揭示过事情的本来面目，刘晋藏勇敢地充任了这个角色。铁匠望着自己炭一样黑、生铁一样粗硬的手出了半天神。我想，铁匠清醒过来立即就会把他赶出铁匠铺。可是，这个以脾气暴躁出名的老头只是自言自语地说，其实他心里早就明白了，却一直等着别人把这话说出来。老铁匠还说，要是早有人对他讲，他就早看开了，那样，要少好多个不眠之夜呀。

刘晋藏趁热打铁，说："看看吧，你将是最后的铁匠，最后的铁匠难道不该给世上留下样人们难以忘记的东西吗？"

铁匠没有自信心，认为自己是个普通匠人，手上从来没有出过众口传说的物件。

刘晋藏大声对我说："从你嘴里出来的那个字要应验了！"

铁匠转脸问我："你说了什么？"

我告诉他，不能认真，是我刚从床上醒来，还不十分清醒时说的。

刘晋藏锲而不舍，用很谦逊的口吻问铁匠，是不是这种状态下说出来的话才最有意思。

铁匠说："对，有些算卦的人想有这种是自己又不是自己的状态还很不容易呢。"

刘晋藏摇摇我的肩膀："把那个字说出来吧。"

铁匠又重复一次他的话。

我不愿意说，是觉得这会儿说出那个字肯定非常平淡无奇，就像平常我们无数次地说到这个字眼一样。我终于还是以一种冒险般的心情，说了"刀"。

本来，我是准备好，看着这个本该银光闪烁的字跌落地上，沾满这个平淡无奇世界上的尘土。但我的一生中，至少这天是个奇迹。那刀字出口时，效果犹如将真刀出鞘，锵嘟嘟凉飕飕闪过，是刃口上锋利无比的光芒。

看得出来，这个字眼，对铁匠、对刘晋藏都有同样的效果。

刘晋藏大喝一声："好刀！"

铁匠一脸敬畏的神情，小声说："我好像都看见了。"

我也想把这个字眼变成一件实在的东西，便对铁匠说："那你就照看见的样子打一把，那样，没有儿子后人也不会忘记你了。"

老铁匠不很自信，说他从没有打过一把叫人称赞的刀子。

刘晋藏把小酒瓶递到铁匠手上，指着正在冷却的铁说："这可是上天送来的，难道能用来打挖粪的锄头吗？"

"本来，就是上天不送这铁来，我也准备打一把刀给儿子做见面礼。"

刘晋藏很粗暴地说："你要再不打出来，说不定今天晚上就死在床上了。"

铁匠灌自己一大口酒，竟然说："你是个说真话的朋友，我不会就这样去啃黄土的。不过，现在我想睡了，明天再动手吧。"

七

晚上，睡在脚那头的刘晋藏问我："明天，老头会打出一把好刀来吗？"

我说："谁知道。"

他说："你不要不舒服，要是等到一把好刀，我就把以前的收藏全部都转送给你。"

我没有说话。

他又说："反正我把女朋友都拜托给你了。"这句话并不需要回答，我听着呼呼刮过屋顶的山风，想明天出世的刀子会给我们带来什么。他又开口了，问：

"你说老实话，韩月有没有偶尔想我一下。"

我咬着牙说："要是那把刀子已经在了的话，我就马上杀了你。"

刘晋藏说："想杀人，这屋里有菜刀。城里砍人是西瓜刀，乡下砍人用柴刀就可以了，用好刀杀人是浪漫的古代。现在，好刀就是收藏，就是一笔好价钱。"

"那你也给了别人一笔好价钱？"

"我是穷人，穷得叮当响。"

"那你靠什么得到那些刀？"

"靠人家把我当成朋友。"

我不禁感到夜半的寒气直钻到背心里了。这家伙好像是猜出了我的心思，说："我们俩可是真正的朋友，就是到死，你也是我的朋友，真正的朋友。"

这一来，弄得我不知说什么好了，只好说："睡吧，明天还要打刀。"

早晨，村里人家房前屋后的果树上大滴大滴的露珠被太阳照得熠熠闪光，清脆的鸟鸣悠长明亮。一只猎狗浑身被露水湿透，嘴里叼着一只毛色鲜艳的锦鸡出猎归来了。我的朋友看见了，马上就想动手去抢。我坚决把他拦住了，告诉他，在这个村子里，早上看见满载而归的猎人或猎狗，可以认为是好运气的开始。

他恋恋不舍地看着猎狗跑远，看着锦鸡身上五颜六色的光芒，嘀咕道："但愿如此吧。"

今天，铁匠刮了胡子，一张脸显得精神多了，红红的眼睛里有种格外灼人的光亮。

刘晋藏一步就跨到了风箱跟前，开头几下，他拉得不是很好，但很快就很顺畅，铁匠出去走了一圈，回来，夹起一块铁准备投进炉里，叹口气："看来，我这辈子真不会有儿子了。"

我心软了，说："再等等吧，说不定，一下就从大路转弯的地方冒出一个人来。"

铁匠再一次走出门去，望了望大路，很快就回来了，他坚决地把铁块投进炉子。艳红的火星飞溅，在空中噼噼啪啪爆响。刘晋藏起劲地拉动风箱，炉火呼呼上蹿，发出了旗帜招展时那种声响。眼前的景象不能说是奇异，但确实不大寻常。

铁匠说："难道不是你跟你朋友的要求吗？"

刘晋藏对铁匠说："别理他，他有时像个女人，总爱莫名其妙地担心什么。"

铁匠接下来的举动使我十分吃惊，他对刘晋藏眨眨眼，说："可能是因为他有个当喇嘛的舅舅吧。"

于是，两个人像中了邪一样，放肆地大笑。当他们两个举起锤子，开始把一块来历奇异的顽铁变成一把刀时，我走了出去，远远地望着村外静静的潭水。

我从平静的潭水中看见红色悬崖，看见喇嘛舅舅从悬崖上失去了脑袋的黑龙身上下来。我望了一阵，不知道自己，铁匠，刘晋藏，还有舅舅，我们哪一个的生存方式更为真实，更接近这个世界本来的面目。更可笑的是，我们这些如此不同的人，怎么会搅在一起。

回到铁匠铺，那块铁还没有现出刀子的模样。

舅舅正从山上下来，那条黑龙一死，专门用来镇压的庙子就没有什么意义了，他一直想离开这座小庙，只是一种责任感使他留下，现在，黑龙已死，他的这个心愿终于可以实现了。

舅舅来到铁匠铺，围着炉子绕了几个圈子，炉子里铁正在火中变红变软。铁匠问他看出点名堂没有。舅舅说："我们村的铁匠还没有做出过什么使人惊奇的物件。"

红红的铁再次放上铁砧煅打，慢慢变出一把刀的形状，慢慢失去绯红的颜色，铁匠带着挑衅的神情用锤子敲出一长串很有节奏的声音。

喇嘛舅舅没有说什么，笑了笑，走开了。

舅舅再次出现时，已经牵上了他的毛驴，驴背上驮着他从庙里带下来的一点东西：无非是几卷经书，几件黄铜和白银制成的法器。他只是从这里路过，但铁匠把他叫住了："喇嘛不说点什么吗？"

舅舅把缰绳挽在鞍桥上，对毛驴说："先走着吧，我会赶上来。"毛驴便摇晃着脖子上的响铃，悠悠然往前去了。舅舅走进门来，喝了一大瓢水，指指红色悬崖顶上，说，原先，那里有一对金色的羊子时，人们是一种生活，后来，羊子走了，黑龙显身，人们又过上了一种生活。现在，龙被削去了脑袋夺走了魂魄，就什么都没有了，又是一种生活开始了。

本来，铁匠是想和喇嘛开开玩笑，不想喇嘛正正经经一大通话，把他给镇住了。而在过去，两个人见面，总是要开开玩笑的。舅舅说："要下雨了，我要赶路了。"说完，便追赶毛驴去了。

我们停下手里的活，听着叮叮咚咚的铜铃声慢慢响到谷口，又慢慢地消失。铁匠这才问："这老东西说又是一种生活，一种什么样的生活？"

刘晋藏说："就是什么都不信的生活。"

铁匠反驳刘晋藏，却又不太自信："人总要信点什么吧？不然怎么活？"

刘晋藏给了他个不屑于回答的笑容。

不知怎么，我心里突然涌起了怒火，没好气地对铁匠说："你有什么生活？指望儿子来找你吗？可你也知道他永远不会来。要是今天打了一把坏刀，你还可以等打出一把好刀，要是今天就打出好刀，就什么都指望不上了。"

铁匠把铁锤甩得飞快，火红的铁屑像他的怒气一样四处飞溅。他说："让我什么都不指望了吧，我今天就要打出好刀。"

刘晋藏趁热打铁，催铁匠赶快。

铁匠锤头一歪，一串艳红的铁屑飞进了刘晋藏的左眼。他惨叫一声，这才用手把眼睛捂住了，直挺挺倒在地上。

铁匠冷冷地说："眼睛伤了，又不是腿。"

刘晋藏并没有因为这句话站起来。

翻开他的眼皮，一小块薄薄的灰色铁皮赫然在目，铁匠伸出舌头，把铁屑舔了出来，清凉的泪水从刘晋藏眼中潸然而下。铁匠说："这会儿，就是哭了也没有人知道，好好哭一场吧。"

刘晋藏骂："我日你娘。"

铁匠还是说："你这个人，肯定还是有伤心事的，想哭，就好好哭一场吧。这样，心里畅快了，还能保住眼睛。"

我们没有再去管那把不知能不能出世的刀子，一只实实在在的眼睛总比一把可能出现的好刀重要。

刘晋藏躺在铁匠家的门廊上，泪水长流不止。我也为朋友的眼睛担心，便把他的手紧紧握住。刘晋藏笑了，说："你恨我，但你又是我真正的朋友。"

铁匠找来个正在哺乳的年轻女人。刘晋藏把好眼睛也闭上，说："希望是个大奶子女人，我喜欢大奶子女人。"

铁匠附耳对他说："是村里最漂亮的女人。"

这一天剩下的时间，刘晋藏都躺在那里，没有动窝，女人来了两三次，掏出硕大的乳房把奶汁挤进刘晋藏的眼睛。太阳下山时，刘晋藏坐起来，说："眼睛里已经很清凉了，看来瞎不了。"

铁匠用一片清凉的大黄叶子把刘晋藏受伤的眼睛遮起来，那只好眼睛便闪烁着格外逼人的光芒。铁匠被那刀锋一样的光芒逼得把头转向苍茫的远山，幽幽地说："看来，你真想得到一把好刀。"

刘晋藏的回答是："眼睛也伤了，要是连刀子都得不到，就什么都没有得到。"这个让我暗暗羡慕嫉妒的家伙，声音里的绝望能使别人心头也产生痛楚。

起风了。

村前的潭水卷起了波浪，不高，却很有力量地拍击着红色悬崖，发出深远的声响。这声音是从过去，也是从未来传来的，只是我们听不出其中的意思罢了。这是没有办法的事情。人类能够听懂这些声音的时代早就逝去了。现在，我们连自己内心的声音也听不清楚。

我问铁匠为什么故意让铁屑溅进刘晋藏的眼睛。

铁匠的回答很有意思。

他说，因为这个人内心的欲望太强烈了，而不懂世上没有什么东西能随便得到。

八

早上的太阳把屋子照得明晃晃的，整座房子散发出干燥木头淡淡的香气。

铁匠已经走了。厨房里有做好的吃食：两只热乎乎的麦面馍，一小罐蜂蜜，一大壶奶茶，还有几块风干的牛肉。我想，平常铁匠的早餐绝对不会如此丰富。那女人又来了。我告诉她，眼睛需要奶水的人还在床上。她红了红脸，进去了。

走出屋子时，心口还在隐隐作痛。刘晋藏也跟来了，我们什么都没说。铁匠铺里一下就充满了非常严肃的气氛。铁块投进了炉膛，立即被旗帜般振动的火苗包围了，石槽里用来淬火的水被窗口投射进来的阳光染成了金色。盯着坚硬的黑色铁块在炉火中变红变软，心里的块垒似乎随之而融化了。

锤声响起，太阳特别明亮，天空格外湛蓝。

锤声再次响起，太阳更加明亮，天空更加湛蓝。

第一遍锤声响起时，铁匠手下已经初步出现了一把刀子的模样。村子出奇地安静，红色悬崖倒映在平静的潭水里，而天空中开始聚集满蓄着雨水与雷电的乌云。刀子终于完全成形了。刀子最后一次被投进炉火中，烧红了，淬了火，打磨出来，安上把，就真正是一把刀了，看上去，却没有任何特别之处。就在这个时候，乌云飘到了村子上空，带来了猛烈的旋风。铁匠铺顶上的木瓦一片又一片，在风中像羽毛一样飞扬。村里，男人们用火枪、用土炮向乌云射击，使雨水早点落下来，而不至于变成硕大的冰雹，毁掉果园与庄稼。乌云也以闪电和雷声作为回应，然后，大雨倾盆而下。炉子里的刀烧红了。一个炸雷就在头顶爆响。铁匠手一抖，通红的刀子就整个落在淬火的水里了。屋子里升腾起浓浓的水雾，我们互相都有些看不清楚了。狂风依然在头顶旋转，揭去头上一片又一片的木瓦，乌云带着粗大的雨脚向西移动，从云缝里，又可以看到一点阳光了。刀子再一次烧红出炉时，乌云已经带着雨水走远了，雷声在远处的山间滚动着，越来越远。红色悬崖和潭水之间，拱起了一弯艳丽的彩虹。就在刀子一点点嗞嗞地伸进水里淬火时，彩虹也越发艳丽，好像都飞到我们眼前来了。我看见铁匠止不住浑身颤抖，他嘴里不住地说："快，快点。"手上却一点不敢加快。刀身终于全部浸进水里了。出水的刀子通身闪着蓝幽幽的颜色，那是在云缝之中蜿蜒的闪电的颜色。铁匠冲出铁匠铺，跪在湿漉漉的草地上，冲着彩虹举起了刚刚出世的刀子。

就在我们眼前，幽蓝的刀身上，映出了潭上那道美丽的彩虹。

铁匠跪了很久，最后，潭上的彩虹消失了，而刀身上的彩虹却没有消退。彩虹带着金属的光芒，像是从刀身里渗出来的。

铁匠站起来，又咚一声倒下了。

刀子上的彩虹灿烂无比，铁匠却说不出话来了。

铁匠中风了，这是造就一把宝刀的代价。从此，这个失语的铁匠就享有永远的盛名了。

刘晋藏守着倒下的铁匠，我回了一趟城，请有点医术的舅舅回来给他治病。我回家时，韩月还没有上班。她还是十分平静的样子，没有追问我这几天去了什么地方。过去，我为此感到一个男人的幸福，现在，我想这是因为她并不真心爱我的缘故，于是，我又感到了一个男人的不幸福。我告诉她需要一个存折。她给了我一个，也没有问我要干什么。我在银行取了现金，便又上路了。

一路上，喇嘛舅舅在摩托车后座上大呼小叫，这样的速度在他看来是十分可怕的，是魔鬼的速度。

喇嘛的咒语与草药使铁匠从床上起来，却无法叫他再开口说话。而且，他的半边身子麻木了，走路跌跌撞撞，样子比醉了酒还要难看。铁匠起了床便直奔他简陋的铺子。那场风暴，揭光了铺子上的木瓦，后来的两场雨，把小小的屋子灌满了。铁砧，锤子，都变得锈迹斑斑。炉子被雨水淋垮了，红色的泥巴流出屋外，长长的一线，直到人来人往的路边。风箱被雨水泡涨，开裂了，几朵蘑菇，从木板缝里冒出来，撑开了色彩艳丽的大伞。

铁匠吃惊地张大了嘴巴。

要知道，四五天前，我们还在里面煅打一把宝刀呢。

刘晋藏采下那些菌子，说要好好烧一个汤喝。

铁匠从积水里捞出几样简单的工具。

那把刀，最后是在铁匠的门廊上完成的。他用锉刀细细地打出刀口，用珍藏的犀牛角做了刀把，又镶上一颗红宝石和七颗绿珊瑚石。铁匠脸上神采飞扬，他一扬手，刀便尖啸一声，像道闪电从我们面前划过，刀子深深地插了柱子上，在上面闪烁着别样的光芒。

刘晋藏想把刀取下来，铁匠伸手没有拦住他。结果，刀刚一到手，他就把自己划伤了。舅舅把刀子甩回柱子上："这里不会有人跟你争这把刀，这样的刀，不是那个人是配不上的，反而要被它所伤。再说，你总要给他配上一个漂亮的刀鞘吧。"

刘晋藏这才想起从舅舅那里得来的刀鞘，刀和鞘居然严丝合缝，天造地设一般。

舅舅说："年轻人，你配不上这把刀子。"

刘晋藏说："我出现在这个村子里，刀才出现，怎么说我配不上！"

九

我很高兴刘晋藏在我面前露出了一回窘迫的样子。

铁匠打出了宝刀，因上天对一个匠人的谴责再不能开口说话了。但刘晋藏却一文不名，付不出一笔丰厚的报酬。还是我早有准备，给了铁匠两千块钱，铁匠便把刀子递到了我的手上。这下，刘晋藏的脸一下就变青了。

我跟铁匠碰碰额头，然后戴上头盔，发动了摩托。

刘晋藏立即跳上来，紧紧地抱住了我的腰，我感到他浑身都在颤抖，那当然是为了宝刀还悬挂在我腰间的缘故。

一松离合器，摩托便在大路上飞奔起来，再一换挡，就不像是摩托车在飞奔，而是大路，是道路两旁的美丽风景扑面而来了，这种驾驭了局面的感觉真使人舒服。

刘晋藏大声喊道："我以前的收藏都是你的！"

我把油门开大，用机器的轰鸣压住他的声音。

他再喊，我再把油门加大。

在城里韩月那套房子里，他指着这几个月收敛起来的刀子叫道："都是你的了！"

"你不心疼吗？"

"我要得到一把真正的宝刀！"

"怎么见得你就该得到？"我并没有准备留下这把刀子给自己，只不过想开个玩笑。

我的朋友脸上却露出近乎疯狂的表情，他几乎是喊了起来："我这辈子总该得到点什么，要是该的话，就是这把刀子，你给我！"

不等我给他，他就把刀子夺过去了。

而且，他脸上那种有点疯狂的表情让我害怕。我还不知道一个人的脸会被一种不可见的力量扭曲成这个样子。之后好多天，他都没有露面，没有来蹭饭。平常，他总是上我家来蹭饭的。

有一天，我用开玩笑的口吻对韩月说，自从刘晋藏来后，我们家的伙食大有改善。于是，我们就一连吃了三天食堂，连碗都是各洗各的。第四天晚上，她哭了。我承认了我的错误。其实，我心里知道自己并没有什么错。第五天，家里照常开伙，刘晋藏又出现了。我们喝了些酒，韩月对旧情人说，她的丈夫有两个缺点，使其不能成为一个男子汉。

我说，第一，她的丈夫要把什么事情都搞得很沉重；第二，不懂得女人的感情，弄不懂在女人那里爱情与友谊之间细微的分别。

她为我的自知之明而表扬了我。其实，这两条都是她平常指责我的。

这天晚上，她一反常态，在床上表现得相当陶醉和疯狂，说是喜欢丈夫身上新增了一种神秘感。

她想知道我怎么会有如此变化。

但我想，这么几天时间，一个人身心会不会产生如此的变化。

星期六，照例改善生活，不但加菜，而且有酒，刘晋藏自然准时出席。在我看来，韩月和她的男友碰杯有些意味深长。当大家喝得有点晕晕乎乎时，韩月对刘晋藏提起她所感到的丈夫近来的变化。刘晋藏说：
"那是非常自然的，因为我们互相配合，算是都相当富
有了。"

韩月这才知道了那几千块钱的去向，知道我拥有
了相当的收藏。

刘晋藏醉了，说了一阵胡话便歪倒在沙发上。

韩月拉着我出门，去看如今已转到我名下的收藏。

那一墙壁的藏刀，使那间有些昏暗的屋子闪着一
种特别的光亮。要是以一个专家的眼光去看，肯定可
以看到一个文字历史并不十分发达的民族上千年的历
史。要是个别的什么家，也许会看出更多的什么。

她悄声问我："这些都算得上是文物吧？"

我点点头。

她又悄声说："这些刀，它们就像正在做梦
一样。"

"是在回忆过去。"我说，并且吃惊自己对她说话
时有了一种冷峻的味道。

关上门，走到外面，亮晃晃的阳光刺得人有点睁不开
眼睛，她又感叹道："这个人，不知道从哪里搜罗来这些
东西。"

刘晋藏曾经说，这些刀子的数量正好是他有过的
女人的数量，我把这话转告了她。

很长一段路，她都没有再说什么，我为自己这句话有点杀伤力而感到得意。到了楼下，韩月已上了两级楼梯，突然回过身来，居高临下地看着我，眼里慢慢沁出湿湿的光芒，说："是你跟他搅在了一起，而不是我把他找来的，你可以赶他走，也可以跟我分开，但不要那么耿耿于怀。"

　　一句话，弄得本来觉得占着上风的我，从下面仰望着她。

　　刘晋藏醉眼蒙眬，看看收拾碗筷的女主人，又看看我，把平常那种游戏人生的表情换过了。他脸上居然也会出现那么伤感的表情，是我没有料到的。他把住我的肩头，叫他的前女友好好爱现在的丈夫，他说："我们俩没有走到一起，我和许多女人都没有走到一起，那是好事，老头子一死，我就什么都不是了。你看现在我还有什么，我就剩下这一把刀了。"

　　他把刀从鞘里抽出来，刀子的光亮使刀身上的彩虹显得那么清晰耀眼，像是遇风就会从刀身上飞上天空一样。

　　真是一把宝刀！

　　把个不懂刀的女人也看呆了。

　　刘晋藏收刀的动作相当夸张，好像要把刀刺向自己的胸膛。

韩月尖叫一声，一摞碗摔出了一串清脆的声音。

刘晋藏手腕一翻，刀便奔向自己的鞘子，他的手又让这把刀拉出了一道口子。他手掌上的皮肉向外翻开，好一阵子，才慢慢沁出大颗大颗的血珠子。

韩月叫道："刀子伤着他了！"

刘晋藏也说："刀子把我伤着了！"

舅舅说过，那些现在已归我所有的刀已经了了尘劫，那也就是说，刀子一类的东西来到世间都有宿债要偿还，都会把锋刃奔向不同的生命，柴刀对树木，镰刀对青草，屠刀对牛羊，而宝刀，肯定会奔向人的生命。这把刀第一次出鞘就奔向了一只手。这只手伸出去抓住过许多东西，却已都失去了。这把来历不凡的刀既然来到了尘世，肯定要了却点什么。现在这样，可能只是一个小小的警告。

一把不平凡的刀，出现在一个极其平凡无聊的世界上，落在我们这样一些极其平凡而又充满各种欲念的人手里，不会有什么好结果。而过去的宝刀都握在英雄们手里，英雄和宝刀互相造就。我的心头又一次掠过了一道被锋利刀锋所伤的清晰的痛楚。

我问刘晋藏有没有觉得过自己是个英雄。

刘晋藏脸色苍白，为了手上的伤口嗞嗞地从齿缝里倒吸着冷气，没有说话。

这就等于承认自己是个凡夫俗子。

所以，我对韩月说："你看，世上出现了一把宝刀，但你眼前这两个男人都配不上它。"

韩月把她生活中先后出现的两个男人从头到脚打量了一番，然后才坚定地说："至少，我还没有遇见过比你们更优秀的男人。"

刘晋藏受了鼓舞："是这个世界配不上宝刀了，而不是我！"

这话也对，我想，这个世界上，即使真有可能成为英雄的男人，也沦入滚滚红尘而显得平庸琐屑了。

在这种景况下，韩月面对旧情人，又复活了过去的炽烈情怀。这种新生的情爱使她脸孔绯红，双眼闪闪发光。我已经有好久没有看到她如此神采飞扬，如此漂亮了。

我的心隐隐作痛，但要是她马上投入刘晋藏的怀抱，亲吻他手上的伤口，我也不会有什么激烈的表示。我有些事不关己地想，这是宝刀出世的结果。

韩月却转身进了卧室，嘤嘤地哭了。

刘晋藏用受伤的手握着腰间的刀，看着我，我也看着他。

最后，还是刘晋藏说："进去看看韩月。"

我进去，站在床前，却觉得什么也说不出来。还是韩月自己投进了我的怀里，抽泣着说："我这是怎么了？我怎么会这样？"

这个问题我无法回答。

她说："让我离开你吧。"

我说："你可以跟他走。"

"不。"

"至少这会儿，比起我来你更爱他。"

她说："再找，我就找个不爱的男人。"

我不知道这是不是说，她还是爱我的。

当韩月不再哭，刘晋藏却不辞而别，走了。他把借住房子的钥匙也留下了。当然，他不会把来历不凡的宝刀留下。

十

韩月又平静下来，恢复了平常的样子。如果有什么变化，就是对我更关怀备至了。

她还适时表示出对我们婚姻的满足与担心。她作此类表示，总能找到非常恰当的时机，让我感到拥有她是我一生的幸运，是命运特别赐福。结婚这些年来，我们还没有孩子，这在周围人看来是非常不正常的。过去，她说我们要成就点什么才要孩子，而我们偏偏什么都没有成就，而且，我们都很明白，双方都没有为达到某种成就而真正做过点什么。一起参加工作的人中，有的当了官，有的发了财，想在学术上面有所成就的，至少都考上研究生，永远地离开了这个地方。而我们还没有探究到彼此爱情的深度。

一个火热的中午，大概是刘晋藏离开后的第三天吧，睡午觉时，韩月突然说："我们要一个孩子吧，我想给你生一个孩子。"

这句话，让我们两个都受了特别的刺激，阳光透过薄薄的窗帘洒在床上，两个人开始了繁衍后代的仪式，连平常不大流汗的她也出了一身汗水。之后，她还喋喋不休地说了许多这个孩子会如何如何的话。我也跟着陶醉了一阵，突然想起她子宫里面有节育环，便信口把这事实说了出来。

她伏在我胸前，沉默了一阵，然后翻过身去，哭了。哭声很有美感，像些受困的蜜蜂在飞舞。

这个女人并没有真正爱过我，她只是沉醉在一种抽象的爱情梦境中间，始终没有醒来。也许，永远也醒不过来了。我心里出奇地平静，刘晋藏出现以来便附着在心头的痛苦慢慢消失了。

我开始在城里寻找刘晋藏。

我去了城里许多过去未曾涉足的地方，因此更多地懂得了这个城市。图书馆二楼，新开的酒吧其实是一个地下赌场，是中国式的赌博：麻将。刘晋藏来过这里，赢了些钱，就再没有出现了。在他手里输了钱的对手，还在等他。文化宫的镭射室，在放香港武打片，中间会穿插一些美国三级片。他也在这里出现过。在体育场附近的卡拉OK厅，一个三陪小姐说起他便两眼放光，因为他在灯光晦暗的小间沙发上许诺了，要带漂亮小姐下深圳海南。我还去了车站旅馆，生意人云集的露天茶馆，但都晚到了一步两步。这个家伙，他在每个地方都留下了气息，就像一个嘲笑猎人的野兽。每个地方的人们都知道他有一把宝刀。在这个藏族人、汉族人、藏汉混血混杂的城市里，在这样一个大多数人无所事事的小城里，这样的消息传递得比风还快。

韩月问我这一阵神神秘秘的，在干什么。

我想了想，也不知道自己究竟要干什么，只好说是在替她找失去的东西。

她说自己并没有失去什么。

我坚持认为她失去了。

最后，她很诚恳地表示：要是对她嫁给我时已不是处女很介意的话，那就给自己找一个情人，而不要出入那些名声不好的场所。

我说自己也许更愿意堕落。我还告诉她，大家都在说，那个收刀的人，又在卖一把宝刀了。刘晋藏给宝刀标了一个天价，很多人想要，却不愿出那么高的价钱，因为那毕竟只是一把刀，再说，刀子出世的过程，听起来更像是这块土地上流传很多的故事，显得过于离奇了。那些故事都发生在过去时代，搬到现在，肯定不会让人产生真实的感觉。

我们还到她原来的房子去看了看，不出我所料，刀子果然少了几把。看来，刘晋藏预先配好了钥匙。

她却先发制人，说我要把她弄得无法抬头才会罢手，她认为，所有这些，都是我为了离开她而设下的圈套。对这个我无话可说。她把我推出门外，宣称再不回我们共同的家了。这套房子还保持着她嫁给我之前的样子，过过单身日子还是非常不错的。

又过了几天，我到了河边公园的酥油茶馆，胖胖的女掌柜告诉我，这一向，卖宝刀的人都在这里出现。我说："好吧，那我天天在这里等他，天天在这里吃茶。"

那女人问我，是不是想买宝刀。

我含含糊糊支吾了几声。她在我面前坐下，给我上了一杯浑浊的青稞酒，说："不要钱的，我叫卓玛。"

我喝了有些发酸的酒汁，说："一百个做生意的女人，有九十九个说自己叫卓玛。"

卓玛笑了："你这样的人不会买刀，你没有那么多钱。"

看我瞪圆了眼睛，她说："先生你不要生气，你这样的人，有钱也不会买刀的。"她哧哧地笑了，说："看看，屁股还没有坐热呢，老婆就来找你回家了。"

我抬头，看见韩月站在公园的铁栅栏外，定定地望着我。

她的脸色前所未有的苍白，两个人隔着栏杆互相望了好大一阵，我笑了，这情景有点像我进了监狱，她前来探望。

她也笑了。

我问她来干什么，她咬咬嘴唇，低下头，用蚊子般细弱的声音说："我到医院把环拿掉了。"她又说："我不是来找你，只是看见你了，想告诉你一声，我把环取了。"

我的心很清晰地痛了一下，她见我站着一动不动，说："我不知道你为什么一定要找他。"

我说："他是我的朋友。"

她说："你们不会成为朋友，你不是他那样的人。"

我说："那就让我变成他那样的人吧。"说这句话时，平时深埋着的痛楚和委屈都涌上了心头，眼泪热辣辣地在眼里打转。

这句话说得很做作，很没有说服力，但我心里却前所未有的痛快。

可她偏偏说："我懂。"便慢慢走开了。

看着她的背影，我明白自己永远失去这个女人了。我知道她并不十分爱我，但也不能说没有爱过我。我不知道怎么才能说清我们感情的真实状况，确实说不清楚。这是没有什么办法的事情，真的一点办法没有。

整整一个下午，我都呆坐在茶馆里，屁股都没有抬一下，看不见堤外的河，但满耳都是哗哗的水声。我又禁不住想起那把刀子出世的种种情形，真像是经历了一个梦境。再想想从大学毕业回来，在这家乡小城里这么些年的生活，竟比那刀子出世的情景更像是一个不醒的梦境。太阳落山了。傍晚的山风吹起来。表示夜晚降临的灯亮起来。卓玛提醒我，该离开了。

我说："是该离开，是该离开了。"

卓玛说："要是先生不想回家，我可以给你找一个睡觉的地方，在一个姑娘床上。"

我脑子热了一下，但想到空空如也的口袋，又摇了摇头。

卓玛笑了。

她说："先生是个怪人，烦了自己的女人，又不愿意换换口味。想买宝刀，也许卖刀人来了，你又会装作没有看见。"她讥诮的目光使我抬不起头来，赶紧付了茶钱回家。有一搭没一搭看了一阵电视，正准备上床，韩月回来了。外面刮大风，她用纱巾包着头，提着一只大皮箱，正是刚刚分配到这里时，从车站疲惫地出来时的样子。当时，就是那疲惫而又坚定、兴奋但却茫然的神情深深打动了我。现在，她又以同样的装束出现在我面前，不禁使人联想起电视里常常上演的三流小品。

她和好多女人一样，揣摸起男人来，有绝顶的聪明，这不，还不等我作出反应，她开口说："你误会了，刚取了环，要防风，跟流产要注意的事项一样。"

还是不给我作出反应的足够时间，她又说："我来取点贴身的换洗衣服，这段时间要特别讲卫生。"

她打开皮箱，从里面拿出一把又一把刀子，说："再不送过来，今天一两把，明天一两把，都要叫他拿光了。"

这个苍白的女人不叫前情人的名字，而是说他，叫我心里又像刀刃上掠过亮光一样，掠过了一线锋利的痛楚。

她先往箱子里装外衣，最后，才是她精致的内裤、胸罩这些女人贴身的小东西。我抱住了她。她静静地在我怀里靠了一会儿，说："我们结束吧。"她还说："至少比当初跟他结束容易多了。"

　　我打了她一个耳光。

　　她带着挑衅的神情说："因为他是我的初恋。"

　　这个我知道，我又来了一下。

　　她说："我还为他怀过一个孩子，在我十九岁的时候。"

　　这个，她从来没有告诉过我。我再没有力气把手举起来了。

　　她在我脸颊上亲了一下说："这么多年，你都不像我丈夫，倒像是一个小弟弟，我对不起你。"

　　我说："我要离开这里。"

　　她说："离开这里也不能离开生活，也不能离开自己。"

　　我问她："你将来怎么办？"

　　她说："你没有能力为我操心。"

　　"那我怎么办？"

　　"我不知道，要是我连别人该怎么办都知道，就不会犯那么多错误了。"

　　她以前所未有的温柔脱去我的鞋子，把我扶上床，又替我脱去衣服、裤子，用被子把我紧紧地裹住，便提着箱子出门了。门打开时，外面呼呼的风声传了进来，因此我知道她在门口站了一些时候。她是在回顾过去的一段日子吗？然后，风声停了，那是她关上门，脸上带着茫然的神情，坚定地走了。

十一

宝刀还没有出世，就使我感觉到那种奇异痛楚时，时间还是春天。在这个朝南的大峡谷，春天就有夏天的感觉。当真正的夏天来到时，我们竟然一点也不觉得。因为周围的山水，早已是一派浑莽无际的绿色了。任何事物一旦达到某种限度，你就不能再给它增加什么了。

在我继续寻找刘晋藏和宝刀的时候，又一轮"严打"开始了。

警察们走在街上，比平常更威武，更像警察。那些暧昧场所，都大大收敛了。一天下午，我又到河边公园喝茶，有意把一把有一百多年历史的刀摆在桌子上。卓玛问我是不是要卖刀。我说，要一个小姐，用这把刀换小姐的一个晚上。卓玛说："小姐都叫'严打'风吹走了。"

付茶钱时，茶馆里人都走光了。堤外的河水声又漫过来，扫清茶客们留下的喧哗。卓玛说："让我再看看你的刀。"

她看了，说："是值点钱。要是有小姐，够两三个晚上。"

这时，喝进肚子里的茶好像都变成了酒，我固执地说："就要今天晚上。"

她叫我等一下。

等待的时候不短也不长。等待的时候天慢慢黑了。这是城里一个光线昏暗的地方，一个灯光没有掩去天上星光的地方。在我仰望那些星星时，一股强烈的脂粉香气与女人体香包裹了我，一双柔软的手从背后抄过来把我抱住。我感到两只饱满的乳房。夜色从四周挤压过来。这只手推着我进了一个绘满壁画的很有宗教气氛的房间。我想不是要把我献祭吧。这时，女人才笑吟吟地转到了面前。原来，就是卓玛。穿着衬衫和长裤，她显得很胖，但这会儿，她换上了藏式的裙子，纷披了头发，戴上了首饰，人立即就变得漂亮了。窗外，就是奔腾的河水。我在大声喧哗的水声里要了她，这种畅快，是跟韩月一起时从来没有过的。她的

身体在下面水一样荡漾，我根本就不想离开床铺，但
她还是叫我起来，到厨房里吃了些东西。回到房间，
她又换了一件印度莎丽。灯光穿过薄薄的衣料，勾勒
出了她身体上所有的起伏与我心中所有的跌宕。我们
又一次赤裸着纠缠到一起时，城里四处响起了警车声。
又一次打击黄、赌、毒的大规模拉网行动开始了。她
说："你不在别的地方，这是在我家里，不要担心。"

用一把刀换来的这个晚上真是太值了。

我想我都有点爱上她了。可她笑我自作多情，说
我不是她的第一个男人，也不会是她最后的男人。起
床时，她又穿上了红色的衬衫，白色长裤，人又变
丑了。

她对我说，要是我有各式各样的刀子，就能得到
各式各样的女人。绝对一流的女人，尤其是在床上。

就在我满脑子都是女人时，却遇见了刘晋藏。这
个人总在你将要将其忘记的时候出现，这次也是一
样。我正走在大街上，有人从背后拍拍我的肩膀，回
头看见是一顶大大的帽子。帽子抬起来，下面便是刘
晋藏那张带着狡黠神情的脸。他说："听说先生在四处
找我。"

我说："先生，我不认识你。"

他笑了，说："对不起，是我认错了人。但我听说

先生到处寻找卖宝刀的人，那个有宝刀的人就是我。"

我们又到了河边公园的茶馆里。

卓玛来上茶的时候，刘晋藏在她屁股上拧了一把，说："这个娘们儿在床上可是绝对够劲。"他又对卓玛说："他刚分手的女人也曾是我的女人。"他就用这样的方式为两个已经上过床的男女作了介绍。看来，这段时间，我在明处，他在暗处，我的一举一动他都清清楚楚。

刘晋藏问我："为什么？"

我说不出为什么，只能说："宝刀是不能卖的！"

刘晋藏哈哈大笑，只听"呛啷"一声，那把宝刀已经在桌子上，插在两只描着金边的茶碗之间了。刀的两面同时映亮了我们两个人的脸。喇嘛舅舅说过，是好刀总要沾点血才能了却尘缘。是啊，刀也像人一样。人来到世上，要恨要爱，刀也有人一样的命运与归宿。奇怪的是，我并不害怕，只是我的胸口已经清楚地感到它的冰凉的锋刃了。他说："好吧，朋友，你要这把刀，就把它拿回去吧。"

一到这种情形下，我又伸不出手了。

他笑了，说："刀子可以是你的，也可以是我的。但女人就不行了，她可以不属于你，也不属于我。"

我想说，可是我们都伤害了她。但这话说出来没有什么意思，因为离开一个女人并不会使他难过，这是我跟他不一样的地方。这不，他说："朋友，你为什么要爱上我要过的女人呢？"

"不这样，我们两个也不会走到一起了。"我说。

他把刀从桌子上拔起来，插入刀鞘，刀便又在他腰间了。他戴好帽子，站起身，说："我再也不会出现在这个地方了，再也不会了，"这时，他的嗓子里有了真情实感的味道，"这以前，我一事无成，现在，这把刀子会决定我的一切。你舅舅说得对，它不是无缘无故到这世上来的。宝刀从来配英雄，可我不是。宝物不会给配不上它的人带来好运气，但还是让它跟着我吧。"

当然，我没有说，让我们把刀子还回去吧。因为这把刀子和别的刀子不一样，我们不是从哪一个人手中得到，而是从一个奇迹中得到的。我们在一个特别的情景中经历了奇迹，回到生活中，却发现什么都没有改变，还是平平常常的样子，连好人和坏人之间截然的界限都没有，就更不要说把人变成英雄了。

这把刀子又会在世上有怎样的作为呢？我只看到，它两次把刘晋藏的手划伤。在过去，宝刀不会伤害主人，只会成全主人，塑造主人。

分手时，我对他说："你还是把它出手吧，它自己会找到真正的主人。"

刘晋藏说："出手到什么地方，除非是倒到波黑去，卖给塞尔维亚人，才能造就英雄。"

我想，那里的人也早用现代武器武装起来，而不用这样的刀了，但我没有说。在那个茶馆里，我们俩紧紧拥抱一下，刘晋藏又在我耳边说："把我当成真正的朋友吧。"

"为什么？"

"因为我从来没有过真正的朋友。"

于是，我们俩在最后分手时，真正成了好朋友。他走出几步，又回来，告诉我，明天他就要离开了，到一个大地方去，把宝刀出手给一个真正的能出大价钱的收藏家。他说："才来时，我说搞项目是谎话，但这回，宝刀一出手，我们俩就搞一个项目，一个实体，再不要过过了今天不知明天什么样子的日子了。"

十二

我没有再拿刀去跟卓玛睡觉。

当我觉得身上没有了烟花女人味道后，便去庙里看喇嘛舅舅。他告诉我，不愿永远寄住在别人的庙子里，已经作好出门云游的准备，只等选一个好日子，就可以上路四出云游了。舅舅的头发都已经花白了，我问他什么时候回家。听了我的话，他的眼里出现了悠远缥缈的神情，说恶龙已经降服，现在，该他出去寻找灵魂的家了。

我想把和韩月分手的事告诉他，没想到他却先开口了，说："韩月来看过我，说她也想离开这里，回家乡去。"

舅舅叹口气说："你们这些人，没有懂得爱就去爱了，就只能是这个结果了，只能是这个结果。"

舅舅是三天后一个雨后初晴的午后走的。我送他走了好长一段。路边草丛和树木上，都有露水在重新露脸的太阳下闪闪发光。舅舅和他的毛驴转过山口时，天上出现了一道彩虹。这情景使这一向都有些沉重的我，立即就感到轻松了，从山口回城的路上一直都在唱歌。晚上，我一个人把许久不唱的家乡民歌都哼了一遍。

过了几天，韩月来了电话，约我中午在车站见面。

我顶着热辣辣的太阳去了。她正站在车站门口等我，身边放着的，还是那只大大的皮箱。她说想来想去，只有我能代表这么些年莫名其妙的日子送送她。

还要半个小时车才开，我要了两杯咖啡。我说："其实，你也可以不走。"

"谢谢你。但我看你也该离开这里，"她说，"我这辈子犯了不少错误，但还来得及干点事情。你也该有一番自己的事业。"

对此，我不想多说什么，以我现在的心境，事业啊，爱情啊，听起来都有些渺茫，或者说非常渺茫。在我们这个地方，好多东西都是一成不变的，连每天顺着山谷吹来的风，方向与时间都不会有任何变化。这不，午后刚过一点，风就从西北边的山口吹来了。作为这股定时风前驱的，总是几股不大的旋风。旋风威武地在街上行进，把纸屑和尘土绞起来，四处挥洒。就在这尘土飞扬的时候，开车铃声响了。她掏出签了字的离婚申请书，要我把离婚证办了。我这才意识到她还是我合法的妻子，我还有权决定她的去留，但她已经上车了，面孔在脏污的车窗后面模模糊糊。午后定时而起的风卷起大片尘土，把远去的车子遮住了。这是一个青山绿水间的小城，河里的流水清澈见底，山坡上的树木波浪般起伏，但城里的街道上，却像沙漠一样飞扬着尘土。尘土遮住了视线，使我看不见远去的长途汽车，看不见正在消逝的过去的生命。尘土飞进眼里，我用眼泪把它们冲刷出来。

风又准时停了。

面前的咖啡扑满了尘土，我把两杯苦涩的被玷污的饮料留在那里，走出了车站。

就在这会儿，我体会到一个像韩月那样从大地方来的人，第一次走出这车站是个什么样的心情了。眼前，那么大的风也没有打扫干净的街道躺在强烈的阳光下，闪烁着一种晦暗金属的明亮光芒，同时也一览无余地显示出了这个小城的全部格局，让人产生无处可去的感觉。

是这个杂乱无章的小城，让人无法爱上我的家乡。

舅舅走了，韩月走了，刘晋藏也走了，虽然他们的目的、方向各不相同。好吧，好吧，有一天，我也要离开这里，到个更有活力、到个街上没有这么肮脏的地方。当然，我也不能说走就走。要等到韩月到了她要去的地方，等我办了离婚证，给她寄去，还给她自由才走。我还要回老家去看看，拍几张照片作为纪念。我就带着这些念头直接去单位。科长在我名下画了一个圈，表示我在正常上班。除此之外，一个科室里的人就再没有什么事可干。大家都走得很早，我意识到这是周末了，我却再也用不着急忙回家了。

回到家里，无事可干，我便把刀子们翻出来，看了一遍，并没有感到收藏家的快乐。我又到河边公园，从跟我睡过觉的卓玛手里把那把刀也赎回来了，我花了整整两千块钱。

晚上，我梦见了她，我曾经的韩月。她在梦里对我说，过去的旧情人叫她再次心动，并不是因为他好，而是日子太平常，他身上至少有周围男人都没有的狂热与活力。

为了这个，我也要再等上几天，才去办离婚手续，或许，她还会在梦里告诉我点什么。

刘晋藏还没有来电话，而分手的时候，我们彼此确认将是终生的朋友时，他说了，卖刀的事情有了眉目，就要给我来电话。打开电视，正在说"严打"的深入开展。我突然觉得这斗争和刘晋藏会有所联系，并开始为他担心了。

这时，一个陌生人找到我门上。

他说："我终于找到父亲了。"

看我莫名其妙的样子，他说："我父亲是铁匠，我在你们村子里找到了他！"

天哪！想想这些日子发生了多少事情吧！我喜欢这些日子，它至少打破了平淡无聊日子里的沉闷！

他十分急切地催我上路了。到了村子里，我才知道，铁匠病得很重了。更要命的是，铁匠终于等到了他的儿子，但却不能开口讲话了。我告诉铁匠，儿子跟他长得几乎一模一样。铁匠笑了。他的肉体承受着巨大的痛苦，心灵却感到前所未有的幸福。他把儿子的手紧紧握在自己手里，就这样慢慢睡着了。

我和他儿子来到屋外，风从深潭那边吹过来，带来了秋天最初的凉意。就在宽大的门廊上，我看到他儿子流下了热泪。他说："我来晚了。为什么找了这么久，才在这近在咫尺的地方找到他？"

望着不远处壁立的红色悬崖，我指给他看那条没有了脑袋的黑龙，给他讲了那把宝刀出世的故事。是的，就在我讲着不久前曾经亲历的事情时，自己的感觉都是在转述一个年代久远的传说。我听着自己越来越没有说服力的声音在风中散开，以为他绝对不会相信。但他却相信，说是在城里就已经听说这么件事情了，只是没有这么详细罢了。我还和他一起去看了铁匠铺。夏天的风雨，已经使这个小小的木头房子完全倒塌了。他的儿子也是国家干部，再不会学习铁匠手艺了。

他说："没想到，只赶上了给亲生父亲送终。"

我说："你不会怪我吧？"

"我为什么要怪你？"

"要不是那把刀，你父亲不会这样。我喇嘛舅舅说的，宝刀不该在这时出世，铁匠是遭到天谴了。"

他没有正面回答我的问题，而是说："我希望父亲多捱些时候，我要慢慢地才会真正地觉得他是我的亲生父亲。"也就是说，他现在还没有感觉到自己和铁匠血肉上的联系。也许正是为了这个，他整整一个晚上不吃不喝，握着老人干枯的手，坐在床前。

早上，他对我说，老人的手还很有力，他说："真是一双铁匠的手。"

听到这句话，铁匠睁开眼睛笑了。他的脸上又浮起了血色。看来，他是挣脱了死神的魔掌，活过来了。在早晨明亮的光线中，我看到父子俩紧紧地抱在了一起。

下午，铁匠就扶着拐杖起来走路了。

回到城里，我又到河边茶馆里把那把刀卖给了卓玛，这回，却只卖了一千五百块钱，我用这笔钱给铁匠请了一个好医生。

十三

我的朋友刘晋藏终于来电话了。

这个人做事都有他独特的风格。他先打个电话到单位上来，说是晚上再打电话到我家，有重要而又不方便说的事情告诉我。

我想，既然如此，何不晚上再打电话。

晚上，电话来了。结果是，他可能已经为宝刀找到真正的买主了。

我说："还有假买主吗？"

"真的比假的多。"电话是从海边一个城市打来的。我向来对大海心向往之，虽然没有见过一滴海水，却把电话里的电流干扰声听成海浪了。这个电话很打了些时候。刘晋藏去了那个城市后，把宝刀弄到了一个拍卖会上，当时就有人出了二十万的高价。但他的标价还要翻一倍，当然就没有成交。但这就等于把他有一把藏式宝刀的消息向全世界收藏者发布出去了。这些日子，他都在忙着甄别买主的真假。每遇到一个买主，他就提一次价，现在，已经提到一百万了。他在电话里说这笔钱到手，就再不愿意活得飘飘荡荡了，要办一个公司。我问他办什么公司，他说："还没有想好，但你让我想想。"好一个刘晋藏，沉默了不到三分钟，就说："就搞一个公司，专门弄我们家乡山上的药材啦、野菜啦什么的，我们一起干，一百万的资产，有一半是你的。"

我说："韩月已经离开我，离开这个地方了。"

他沉默了一下，又哗哗地笑起来，说："放心，等我们的公司搞起来，她会回来的。"

我说："那也是回来找你。"

他又哗哗地笑了，喊道："我们一定要把公司先搞起来，然后，再来看谁能得到她吧！"他说，"当然，要是我没有叫那些假买主干掉的话。"说完，就放下了电话。

我又想起韩月在梦里对我说过刘晋藏为什么令女人心动的话了。

之后，我就再没有得到刘晋藏的任何消息。

满山的树叶变得一片金黄，在风中飞舞，韩月也没有来信告诉我她落脚在什么地方。

喇嘛舅舅作为一个云游僧人就更不会有消息了。

我回去看过铁匠两三次，他偏瘫的身子一天比一天硬朗了。

最后一次，我是跟他儿子一同去的。铁匠看着儿子的眼神流露出无比的幸福，他儿子也告诉我，他跟父亲真正有血肉相连的感觉了。这天晚上，我就住在铁匠家里。早上，铁匠突然说话了。我睡得很沉，他摇醒了我。

问："刀子还在你手上吗？"

"天哪，"我说，"你说话了！找到了儿子，你又说话了。"

铁匠说："我不能说话，是受造了宝刀的过，我一说话，它就要伤害拿刀的人了。"

我告诉他："我的朋友已经带着这把刀远走高飞了。"

他说："没有人能比命运跑得更远。"

离开铁匠，我马上就出发往那个城市去找刘晋藏了。我希望他已经把刀出手了，这样，他才不会为刀所伤。我想，他这半辈子，除了一些女人的青春肉体，也没有得到什么。我带上了所有储蓄，也带上了他留下来的所有的刀。我想自己也不会再回来了。走之前，我办好了离婚证，我把韩月的一份压在还放着她化妆品的梳妆台上，把钥匙交到她单位领导的手里，特别说明屋里的东西都是她的，我只取出了银行里的存款，这是我们俩最后一笔共同的积蓄了，说好是为孩子准备的教育基金，但我们没孩子，现在又已分手了。

离开的那天早上下起了秋天里冰凉的细雨。这跟送别舅舅时不一样，这样的阴雨天，没有人会在我身影消失的地方看到彩虹。

两天汽车，到了省城，又是两天火车，我到了刘晋藏打电话的那个城市。我在每一个宾馆住一个晚上，为的是在旅客登记本上查找朋友的名字。在其中的三个宾馆，我查到过他的名字，但他都在我到达之前就离开了。其中，有两个宾馆他都没有结账。店方好不容易逮到一个说得出他名字的人就喜出望外，以为是替他付账的人来了。我只好亮亮随身的刀子，声称自己也是来追债务的，才得以脱身。

现金马上就要用完了，还没有刘晋藏的一点消息。

我在宾馆的文物商店前想出手一把刀子，都跟一个香港人谈好了价钱，却被便衣警察抓住了。在派出所里，他们叫我看管制刀具的文件。有那份文件，他们便有权没收我的刀子。

我说："这是藏刀，我是藏族。"

他们看了我的身份证，又拿出一个文件，上面说，少数民族只有在本地才能佩戴本民族的刀具。关于刘晋藏和宝刀，他们说，这样的事情真真假假，在这个城市里数都数不过来。他们叫我看了几张无名尸首的照片，每一张都模模糊糊，至少，我没有明白无误地认出朋友的脸。

当一个少数民族真好，不然他们不会当即就把我放了出来，只把刀子全部留下。警察打开一个带铁门的房间，扑面而来是一股铁锈味道，里面堆满了各式各样的刀子。可这些刀子，都非常像电视里登上审判台那些为了金钱、为了女人而杀人的罪犯一样，被某种病态的欲望匆匆造就，是铁皮或者猪皮的简陋刀鞘，嚣张而又粗糙的刀身，而我那些精致的刀子也沦落在了它们中间，我听见自己的心为之哭泣。

坐在宾馆柔软洁白的床上，我拿起电话，拨了一个号码，不通，又拨了一个，还是不通，很久，我才想起，这是已经远离的小城的五位数的号码。我找这个电话是在寻找自己，我没有找到。

于是，我改拨了一个八位数的号码，这才是眼下这个大城市的号码，第一个，通了没人接，第二个，忙音，第三个，是一个女人的声音，说："你好，这里是某某咨询中心，请问先生有什么商务上的事情，我可以帮忙。"

"请帮忙找我的朋友和一把宝刀。"

对方用很职业的口吻平淡地说："对不起，先生该打心理咨询热线。"

我打开比砖头还厚的电话号码簿，恍然看见密密麻麻的电话线路布满地下，像一张布满触角的大网，但网上任何一只触角上都没有了我的朋友。

环山的雪光

"听。"女人停下手中旋转的牛毛陀螺，从额上挥去一把汗水。

　　对面坐的男人俯身在膝上，没有答话。女人几天来搓下的牛毛线，在他手中编结成拇指粗的长绳，蛇一样盘绕在他脚边的草丛里。

　　"雪。"女人又说，同时挺直了赤裸着的上半身。一阵沉雷般的轰响，隐隐横过头顶天空。金花举目四顾，湖蓝色的天空中没有一丝云彩。天空高处若有风，这时就会有鹰隼悬浮，平展开巨大的羽翼。没有鹰隼。阳光直泻在环山积雪的山峰，映射出艳丽的光芒。而山环中盆状的草场上草叶摇动一片刺目的白炽光芒。只有盆地底部的那片湖水沉着而又安详。不断汇入其中的玎玑作响的融雪水使她越来越显得丰盈。

金花舒展腰肢捋动纷披在肩上的长发。这时她觑见麦勒停下手中的活计，紧盯她隐现于乌黑发丝中滚圆的双肩。她把手屈在脑后，她相信，这是一种优美的姿势。那个瘦小的美术老师经常要她摆的就是这个姿势。金花感到男人的目光从肩头灼热地滑向小腹。她知道，这些地方不像被风抽雪打的脸，都显得光滑而又柔韧。她放松自己，粲然一笑，同时发觉他的目光又游移到了别的地方。她用手抚摸一阵自己的脸腮，突然张开小嘴唱了起来："啦，啦啦啦啦……嗒嗒……"过门没有哼完，她又突然没有了兴致。

　　男人那双关节粗大的手灵巧翻动，那不断变长的牛毛绳在绿草中蛇一样扭曲，游动，发出窸窸窣窣的声响，缠绕住了一株蒲公英，一株开紫花的黄芪，一丛酥油草，又迅速地伸延向另一丛酥油草。

　　她说："你听，雪崩。你听，雪水冲下山坡的声音。我知道你不在听。你不听我也要说，我憋不住了。在学校时我们可不是这样。老是这样。我，我不敢保证我能在这里和你度过冬天。"

　　"这里冬天气候也会很好。你看周围山峰，没有一个风口对着我们，海拔也才二千九，比麦洼那个军马场还低三百米。"

　　"我知道，二月份我就跟你上山了。"

她说，二月份我们就上山了，那时不就是冬天吗？

他叹口气说，这些他都懂，都知道。

她说他不等春天，说春天春雪下来山口就封住了。事实证明他是对的，冬天的烈风倒是把山口的雪刮得干干净净，露出青幽幽的冰坡和散乱于其中的灰色碛石。风把人脸、手都吹裂了。她说他们在你托钵僧手中瓦盆似的草场上五个月多快六个月了。要是像以前人一样一天画一个道道，恐怕木屋的一面已满是那种叫人恶心的黑炭的道道了。

说完了，她觉得那个比喻新鲜而又贴切地表达了她的心境，弹弹舌头，又说了一句："像可怜的托钵僧的瓦盆一样。"

"松赞干布统一之前，这里是一个小王国的王族鹿苑。"

"那时，山没有这样高吧。"

"那时人也不像现在人喜欢牙痛一样哼哼唧唧。"

她被他那副不以为然的神态激怒了。她说你说我牙痛，我说你冬天过山扭伤的腰才痛。你不想下山去治治。你装男子汉，你以为我不知道。昨晚，你上去时我都听到你倒抽冷气。我没有点穿你。五个月了，村子里青稞都抽穗了吧，今年的赏花节我们也参加不上了。我说你的腰怎么还没有好利落？

他们都没有听到那很小面积的雪崩声。只是无意中看到对面两峰之间腾起一片晶莹的雪尘。

"看吧，麦勒你看多好看啊。"

麦勒盘好牛毛绳，拎到手上，拿起锋利的草镰："一冬天，这群牛该储多少草啊。"

那片雪尘在蓝色天幕上，升高，升高。

金花背倚牧屋的木头墙壁。麦勒的背影在眼中模糊起来。背后的木楞子散发出浓烈的松脂气。正午的阳光中所有牛虻嗡嗡吟唱。乍一听仿佛是阳光发出轰响。几只金龟子从芒草梢上踱到膝上。阳光落进草地上那两只茶碗。一只茶碗空着，一只茶碗中满碗茶水被阳光穿透，阳光在碗底聚集成一块金币的样子。

这时，麦勒已转入打草的那块凹地，不见了踪迹。

她走进木屋，把盛满鲜奶的锅架上火塘。锅底新架好的柏树枝毕毕剥剥燃烧起来，吐出带着一圈蓝光的幽幽火苗。青烟和柏树特有的香气一下充满了整个屋子。屋子上首那道齐腰高的土坯台子上，一字排开若干口平底铁锅。熬开的牛奶在锅中慢慢发酵变酸。锅面浮起筷子厚一层凝脂。她用光滑得闪烁着象牙色的木勺把凝脂打起来，盛进洗衣机缸里。然后，发动了那台小小的汽油发电机。发电机的嗒嗒声和洗衣机的嗡嗡声交织在一起，悬在屋顶那盏灯在黝黑的屋顶下投射出一个黄黄的晕圈。只有门外那片草地青翠而又明丽。

机器把凝脂中的水分脱出还要一些时候，她呆立在那里陷入回忆。她感到难解的是自己只是十九岁，而不是九十岁，她开始靠回忆来打发许多光阴，许多缓缓流逝的光阴了。

从屋里可以望见牛群聚在远处安详地饮水，懒懒地啃食生长在嘴边的青青草梢。

首先，她觉得通过门框望到的一方草地不是真实的草地，而是一块画板上的基色。一个人站在画外什么地方调和颜料，准备把她近乎赤裸的躯体的颜色与轮廓在画布上固定下来。她不禁微笑起来，那时，美术老师总说：以你的纯真，金花，你懂吗？你以全部纯真微笑。那时她不懂，现在她懂了。她以全部残存的纯真向那方阳光明丽的碧绿草地微笑。

那美术老师矮小又瘦削。

那个美术老师却给了她一个习惯。这个习惯就是常常感觉自己就固定在某一张画上，张挂在高高的地方，目光达到一个物体之前得首先穿过玻璃，玻璃上面落满灰尘。玻璃以外的人事与物象与己都没有什么直接的关系。接连好几个星期，她就这样沉溺于幻想。

所以，金花的故事是关于她怎样小心翼翼地侧身穿过现实与梦、与幻想交接的边缘的故事。

　　叙说她的梦情况稍微复杂一点。主要是她耽于幻想但逃避梦境。

　　现在，她感到自己成为画中的人物时才敢抓住一些蓝色、紫色的梦境的碎片拼贴起来。母亲的脸是苍白上泛着一层淡蓝的荧光。她听到一个只见背影的人对母亲说：娃娃下地，就叫金花。母亲说：娃娃是在开金色鹿茸花的草地上有的。多年岁月流过母亲耳际时，金花听到某种东西潜移的嗞嗞声响。母亲死乞白赖地对那个握有权柄的人说：亲亲我。那人说：上山去吧，雪过一阵就要停了。母亲上山非但没有找到生产队的牛群，却在雪中冻饿而死。

　　美术老师的笔触像那又冷又硬的雪霰一样唰唰作响。美术老师把一笔油彩涂在膝头上，说："好了，完了。今天你的眼神中梦幻的气质非常非常的好。"

　　她却轻轻地说："亲亲我。""不，不。金花，我是老师。"

　　"亲亲我。"

　　"这样吧，金花。我追求的是一种纯真，你可不可以脱下你的上边衣服。"

　　"衣服？""我想，想画你脸一样画你的胸脯。"

金花一声尖叫，逃出了美术老师的单人房间。这已不是梦境而是过去的现实。过去的梦也只是裁剪了时间更为久远的现实。金花跑进校园里那片傍河的白杨和苹果混生的树林，树下的草地边缘长满了荨麻。她突然一头扎进在树下看书的道嘎的怀中，说："亲亲我。"

他不愿开口打破星期日正午的静寂，只是带着一种厌恶的神情把她推开。

"道嘎，道嘎，"她说，"我们不是一起长大的吗？难道你阿爸没有把我许配给你？"

"那是父亲卑鄙。"

"那你是我哥哥。"

"金花，我知道我爸爸害死了你妈妈。所以他不能不抚养你，养你长大可又不能白养，就把你当成媳妇，不是吗？"他放下书本，眼里闪出一丝温柔的神色，这温柔越来越多，充溢了他的眼眶，"你真可怜，金花。你知道我肯定要考上一所工科大学。我将来要设计一条道路从我们村子前面穿过。在那里设计一个全世界最漂亮的车站！"

她说："道嘎，我害怕。老师要我把衣服脱了。"说着，她又一头扎进他怀中。

他呼吸急促了一阵，最后还是只用下颏碰碰她头顶就把她推开了。

金花瞧瞧自己裸露的上半身，悄悄地说："瞧，老师，你画吧。"……

她把洗衣机上的定时器一拨到底。抬眼看到门外晾晒的红衬衫在风中舞动像一团鲜红的火苗。

三个月以后就是暑假。道嘎一天在火塘边突然说："阿爸，我已接到上大学的录取通知书了。你把金花名上该得的牛分出来给她。她考不上学校，该过自己的日子了。"

责任制后摇身从支书又变为村长的父亲道嘎搔搔头顶说："那就让她等你弟弟吧。"

金花突然尖叫一声，震得屋顶上的烟尘扑簌簌掉落下来："你们让我死吧。"她说。她奔下楼梯，奔下树林边缘时，仍哭喊着："让我像妈妈一样死吧。"那个追求艺术纯真的美术老师叫她这般那般地微笑，唯一的结果是唤醒了一个体格健壮的姑娘的女性的敏感，使她没有考上学校，没有……没有的东西太多。月亮从桦树林后升起时，一个年轻人阴郁地向她注视。她在这目光下拼命把身子蜷缩起来，并最终向这目光屈服了。后来，她把整个这件事情编织成一个梦幻，把那个强暴的场面描摹成一个浪漫的场面。总之，这个细节在真实和幻想的场面中都存在。年轻人胡子拉碴的脸俯向她时，他的目光肯定比树林上空那像一块薄铝片的月亮还要明亮。此时，他刚蹲了六个月监狱出来。因为村长把偷猪的责任转嫁到他身上。露水上来时，草梢上闪烁着月亮的银光。麦勒告诉金花他今夜潜回村里是想杀死村长，可能的话把他一家都杀光。

她慵懒地倚在他怀中，说："你不能杀掉道嘎，他要修铁路到村子前边。"麦勒吃力地笑笑，说："我爱你，我不要用我的命去换狗家伙的命。"第二天他们双双在村中广场上出现。金花坐在那股生锈的拖拉机履带上痛哭，听到人们说"和她母亲一样"时，她哭得更加响亮了，心上和经过最初尝试的部位都横过清晰的痛楚，围观的人越来越多。

麦勒走到村长面前："我和金花把我们的牛合为一群。我算过了，我三十二只牛你放了半年收入是四百块钱，一百块钱算你的工资，其他你要如数付清。你家六口人一百零三头牛，你要分给金花一十七头，知不知道我在监狱里学了半年法律，是帮你学的，村长。"

他又转身对乡亲们说："听说村长估计他不答应我我就要犯一种被枪毙的法。譬如杀死他，毒死他的牛群。"

村长不仅分出了牛群，还付了两百块钱。他说："但是你们没有草场。"

麦勒只是说："叫你做到这样已不容易了。"

“好吧。看吧。”

“好，我们看吧。”

马头探进山口巉崖的浓重阴影时，他们勒转马头回望。五六列山脉从四方逶迤而来。只有他们走来的那脉山上有一条公路，汽车宛如一只只盛装经文的檀香木匣子。它们仿佛不是在地面行驶，而是凭借某种神力飘浮在蔚蓝的大气中间。穿过冰凌参差的山口，新的景象在眼前展开。那些扭结着舞蹈而来的山脉在这里同时中止，隔着这块草场相互瞩望。砾石在脚下成群地滑动，发出湍急水流那种哗哗的声响。麦勒跌跌撞撞奔下山坡，把滑动的砾石，和随砾石一道下滑的金花与牲口一起甩在了身后。

“多厚的草啊！”当时麦勒说，人像醉了一般，反复叨念的就是那句话：多厚的草，你看多厚的草啊。金花真的对他动心了，虽然心里仍横过那月夜强暴的场景，她仍吃力地抬起手臂，替他擦去了额上的汗水。

“他们不能再说我们没有草场。”

“他们不能。”

“我们，金花。”

“是的，我们，麦勒，我们……”

他们放起一把烧荒的野火，数百年积下的腐草顷刻间化为灰烬。麦勒翻下马背时，涂满黑灰的脸膛纵横道道汗水。她一次次动情地为他擦拭。

"嗨！"他说。

一阵泪水无碍地冲出了她眼眶。

他们又坐在一起喝中午茶，在牛虻的嗡嗡声和新盖的木屋所散发的松脂香气里，他们的影子在地上缓缓移动。他们面前是两只茶碗，一把铜壶，以及稍远处躺在草中的一把镰刀，再远是那汪静寂的湖水。湖中的太阳闪烁着那把镰刀刃口上一模一样的光芒。

"该出山一趟了。"金花说。

"茶缺了？"

"不。"

"盐？"

"不。"

"发电的汽油和火药都还有。"

"今年赏花节各家的帐篷一定很漂亮。"

"可能，"他说，"以后我们做得比所有的都漂亮。"

这时，麦勒揩干手上的汗垢，开启了手中小小的计算器。随着一阵细微的嘟嘟声，一列数字跳到显示屏上。同时，他开始不停地叨咕：多少母牛可以产多少奶，提多少奶油，小公牛阉了可以卖给农户做耕畜，等等。这样，到下年底就可收到八千元现款。

"不错吧？"

"不错，你隔三五天就算一次，我都背熟了。"她淡漠地说。

"不相信？"

"不是不相信，我闷得慌。我下山一趟吧，我去看场电影，不然带几本小说回来就够了。"

"忍忍吧，金花。"

"不，我要回家。"

"你哪里有家，你嫁给我了。这里就是你家。忍忍吧。钱凑到一万我们就去旅游，那时由你，先去广州还是先去拉萨。我不像你读过那么多书，但我想叫我妻子幸福，再苦再累我都不怕。"

"我知道，我可是做梦都在想……"她仿佛被烙铁灼烫了一般，突然噤口不言了。

又一次小雪崩在环山上爆发，听着那低沉的崩塌声，两人同时抬头仰望那闪着彩虹光芒的轻盈雪尘渐渐飘散，终于只剩下满眼蓝空的寂寞。

麦勒手扶腰肢慢慢站起身来："金花，我没有得到你的心，我知道。你在梦中叫他的名字。"

"麦勒！"

"你要记住他父亲害死了你母亲。"

"麦勒……"

"我，打草去了。"

太阳缓缓西移。

西侧山峰的雪光呈淡蓝色，东侧则渐次显出血样的殷红。南北两侧的雪峰上的闪光依然艳丽而峻洁。几团巨大的云影泊在草场上，浓淡不一。

麦勒走开已经很久了。

一股旋风陡然从屋后旋起一柱尘土，发出噼噼啪啪的一阵爆响。旋风又陡然消失，许多草屑和花瓣飘飘而下。

"梦。"她说，"梦。"

刚进入这环山的第四天，她就梦见了。以后又多次梦见和那个梦境一样的场面。那阵放眼四顾，进入眼底的全是放了荒火后裸露出的泥土和石头。风扬起灰烬，黑色灰烬落下又飘起，环山的寒气在薄暮中从四方潜来。一种孤独感涌起，麦勒扶着扭伤的腰站在门外嘶声吼叫，并击发手中的猎枪。她只看到枪口闪射火光，没有留意到击发时的巨大声响。月黑风高。枪声在山环中来回撞荡。那梦便在她不安稳的睡眠中出现了。她，和眼镜道嘎一同被某种物体所运载。窗外缓缓滑过许多奇异的风景。道嘎用眼睛倾诉什么。她问，我们坐的是火车？不，飞船，他说。窗外的风景画片般一张张翻过。金花用手去寻找时，发觉是美术老师把十七岁的她张挂在舱室的墙壁上，那冰凉透明的玻璃紧贴着她的眼睑、鼻尖、耳轮，甚至动人的肩窝。她一挣扎，周身发出纸张的干而脆的唰唰声响。这时飞船陡然加速，一切物体带着蜂鸣声分解为碎片，或者和她一样变成一种又薄又平的东西。她惊叫着醒来，触摸到自己丰腴的冷汗淋漓的血肉之躯。

她只告诉他梦见了飞船。

他的牙齿在暗中闪烁一下，说格萨尔也有过飞船，只是当时没有这种名字罢了。

"我爱你。"她主动把身子凑过去。

"我要叫你爱我。"他说。

"我害怕做梦。"

"那就不梦就是了。"

但那梦仍频频在睡眠中出现。你想梦。你不想梦。你不知道自己想梦还是不想梦。她端坐在斜射的阳光中间许久，才拖着长长的身影走向那湖边。湖水无端漾动起来，湖水经过太阳整天曝晒，十分温暖。她脱光衣服，涉入水中，一时心中万念俱灰。她想这种境界恐怕就是死亡那种境界，那种纯净，那种安宁。太阳在水中，仿佛一滴熔金在水中来回滚荡。水居然托起了她略略下垂的乳房。只需再往前一步，水就会漫过头顶。她停住脚。水面渐渐平静。她在水中看到自己经过风抽雪打但依然年轻的脸，看到自己滚圆的双肩。水把她的乳房托举起来。她一边涉水上岸，一边拂去水中沾上肌肤的落花。

她嗅到自己散发出一种野兽的气息。

环山的雪峰簇拥在湖底，显得美妙而又缥缈。

她纷披着水淋淋的头发，张目四望。心中无所谓幸福与不幸福。只是想到得到幸福的不容易与不幸福的感觉居然总是缠绕在脑海中间。她居然想象到要是刚才再往深处走一步，那水会怎样漫过头顶，发出温柔的鸽子叫一般的咕咕声响。想到一个女人美丽的裸体上将生出一蓬怎样的水草。

以往，麦勒这时都要从干涸的地方出现，遥遥注视自己像一个水妖一样步上翠绿的大草滩。

而这次，他没有出现。

她平静地绾好发髻，悄悄地对湖水说：再见。然后微笑着说："你爱他他不爱你。他爱你你不爱他。"

"啦……啦啦啦，嗒，嗒嗒……"她走上山坡时，愉快地歌唱。

飞鸟急急地横过天顶。牧屋笼罩在一片绯红的霞光中间。金花背倚门框等着他蹒跚着脚步来到面前。

"金花。"他说，脸色显得异常的苍白，眼中浮起痛苦而又依恋的神色。许久，金花才发觉，他的两个指头给镰刀拉开了深深的口子，他自己往伤口里撒进一撮火药，伤口掰开时，里面露出白瘆瘆的骨头。

"麦勒。"

"你明天就走吧。"

"麦勒，你有心事，你今下午想什么了？"

他低头啜饮碗中的奶茶，两个明显瘦削下去的肩头高高耸起："梦，你的梦。"

"你梦见道嘎。"他仰起头，长长叹了一口气，顿时感到如释重负。

"我也梦见你。"

"梦见我时你发出尖叫，像那次一样。"

金花膝行到他身边，捂住他的嘴。他把她一双手紧紧捏在自己手中："你说老实话，金花，你有了吗。没有，那你带上去年卖牛的钱离开我，走吧，上学。我没有上过学，只认得钱上的几个数字。你走吧。"

金花俯身哽咽："那你有多可怜。你和我一样，从小没爹没妈，你连一天学都没有上过。你会叫我幸福，不是吗？那次是我在等你回来，他们把我赶出来了。"

"你只是无家可归。"

"你从监狱里出来。"

"你不是在等我。"

"月亮看见了我们。"

"月亮什么也不知道。"麦勒把头仰向屋顶。许多次，他都听任金花把那故事篡改得十分美丽在他耳边絮聒。现在他要撕开那虚假的外壳。

"我撕开你的衣服。"他毫不容情地说。金花绝望地举起双手："麦勒，是我们脱下衣服在月光中沐浴。"

"你诅咒我，踢我。""我要你的手放在我胸脯上，可是你害怕，你的手打着哆嗦。""一大片绿草被糟践得不成样子。""那草地上露水闪烁，花香四溢。""你嘴撕扯下了我一绺头发。""我口中喊着你的名字。"

麦勒扬手给了她一记响亮的耳光。

沉默半晌，金花抬起闪着绿火的眼睛说："你知道画是怎么画的吗？我给你画了多好的一幅连环画啊！"

火塘中的火苗伸伸缩缩，两人投在墙上的影子忽长忽短。麦勒打了一天草，并吐露了最初他们结合的真实情况，就斜倚着墙壁慢慢睡熟了。金花仍跪坐在明明灭灭的火光中，注视那脸，并听他不时发出低低的呻吟。

她起身穿好身上的衣服，用嘴唇碰碰他滚烫的额角。麦勒脸上的肌肉抽动一下，仍然没有醒来。

她跨出木屋的小门时，晨曦初露。

金花到外县做了流产手术后，又插入原先的中学学习。一学期后，接到村里捎来的一千元钱，并告诉她麦勒因为破伤风死了。他死得很惨，他从木屋爬到湖边饮水，那只感染过的手臂骨头都变黑了。那群牛已成为野牛，人们只好把它们开枪打死。这钱便是卖牛肉的钱。另有三百元付了那些宰杀牲口人的工资。她把钱塞进书包里，只淡淡地说了声知道了，就回到灯火辉煌的教学楼中去了。第二天，她敲开美术老师的门，说："我找你画画来了。"她锁上门，拉上窗帘。自己动手脱去一件件式样考究、质地精良的衣服。

　　美术老师激动得搓着双手。

　　她脱得一丝不挂。双手屈在脑后，斜倚在墙上，戏谑地说："老师，你的手不要打抖。"老师迅速钉好画布，一笔笔油彩附着在画布上。画好一半，她穿好衣服说累了，明天再来，推门出去，又回过头来说："我那次在湖中沐浴，湖水是金色。背后是大片草滩，周围是闪着蓝光的雪山。明白吗，要把我画在这样的景色中间。"

　　老师说："太美啦，太美啦。"

　　"可你不知道，那次我差点自杀了。"

　　"那时你觉得一切都非常纯净吗？"

"是的，非常安宁。"

第二天她果然看到自己的没有下半身的画像悬在那片准确再现了的环山的雪光中间。她想出一个办法，把穿衣镜从柜子上卸下来，倚在昨天倚靠过的墙上。她站在画架旁边，老师从镜子中看到她裸露的修长双腿和阴部那一大片阴影。她就这样看着自己的腿从画布上渐渐伸入金色的湖水中间。画中掩住阴部的是一瓣落花。

"你害了我。"她把玩着他刮油彩的小刀说。

"我？"他脸上显出一种非常天真的神情，她微笑着把那把小刀捅向他的腰部。他负痛倒地时，嘴里不停地说着："为什么？为什么？"

她说："要是没有你，你的笔……"看着画上的油彩被血迹污染。

一只蜷曲的男人的手绝望地伸向了那汪金色的湖水。